다이어터
LIGHT

3

라이트 에디션

글 네온비 그림 캐러멜

중앙books

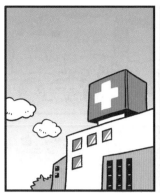

똑똑

들어 오세요.

안녕하세요!

호오…!

정기검진 때문에 오랜만에 병원을 찾은 수지.

살이 정말 많이 빠졌군요?

정말요?

진짜 많이 빠졌나요?

헤헤헤헤 헤헤헷.

네

3달 전의 수지.

수지가 다이어트를 시작한 지 어느덧 70일째.

일주일 전쯤 폭식의 위기가 있었지만…

요요는 오지 않았다.

지방……

지금 남아있는 지방들이 얼마나 되지?

왜 이렇게 조용한 거야…

어서 보고해라…

어서…

대장님. 정신 차리세요, 포격이 계속되고 있습니다…!

살아남은 지방들이라도 수습하셔서 후일을 도모하셔야죠!

우린 아직 진 게 아닙니다. 힘을 내십시오!

쾅...

지방은 다시 모으면 됩니다!

으으으!!

콰쾅... 쾅...

비틀 비틀

이자식들! 뭣하고 있나!

군가!

군가를 제창해라!!

지방으로... 태어나서...

할 일도... 많다만...!!

너와 나. 나라 지키는

영광에 살았다...

울먹

울먹 울먹

치킨과...

피자 속에...

맺어진 전우야!!!

폭식 때문에 좌절했던 수지는 다시 마음을 다잡고 오히려 찐 살을 빼버리겠다며 유산소 운동에 박차를 가했다.

찬희가 뭐라고 하기 전에 식단도 스스로 철저히 지켰다.

폭식 후 일주일이 지난 3차 중간 점검날.

!!

80.5

80.5

그렇게 수지는 11.5kg을 감량했다.

그런 일이 있었군요.

운동은 정말 잘 시작하신 겁니다.

몸상태는 어때요?

두통과 손발 저림은 거의 없어졌어요.

그날은…아직… 불규칙하지만…

오늘 수지 씨의 종합 검진 결과는 지난번보다 훨씬 좋아졌어요.
하지만 아직도 많이 감량 하셔야 한다는 것은 본인이 더 잘 아시리라 생각합니다.

네…!

저는 항상 병원에 오는 사람들에게 식습관을 바꾸고 운동을 하라는 처방을 합니다.

하지만 그 말을 실천하는 사람은 별로 없죠.

체중 감량과 체형 변화는 다이어트의 이차적인 목적입니다.
요점은 생체 리듬을 정상화시키는 겁니다.

이대로 계속 꾸준히 해나간다면 수지 씨의 몸도 정상 리듬으로 서서히 돌아올 겁니다.

큰 헬스장

그래, 병원은 잘 다녀왔나?

네! 헉헉… 결과가…헉헉… 좋았어요…

좋아, 워밍업은 5분만 하고 내려온다.

헉헉…

여름이라… 땀이…

많이 나네요… 헉헉…

물 한 잔 마시고 할까?

네!

팔벌려 뛰기 30회만 하고 마시자.

30회요?

할 줄 알지??

할 줄은 아는데…

시작!

하나 둘 셋, 하나!

하나 둘 셋, 둘!

오늘부터는 무산소 운동을 추가한다.

팍 팍 팍 팍 팍

앞으론 워밍업→ 무산소→ 유산소 순으로 운동하는 거다.

무산소 운동을 먼저 하면 유산소 운동의 효율이 높아진다!

같은 시간을 운동해도 지방이 더 잘 빠지게 되는 거다.

헉헉… 네.

옳지, 잘한다.

팍 팍 팍

무산소 운동

근력을 강화하는 운동입니다.

유산소 운동

체지방을 감량하는 운동입니다.

계속 뛰면서 들어! 시간이 별로 없다면 워밍업은 꼭 사이클이나 러닝머신을 10분, 15분 꽉 채우지 않아도 된다.

어차피 워밍업은 "지금부터 운동하겠습니다" 하고 몸에다가 알려주는 거다.

네가 할 운동의 비슷한 동작으로 몸을 풀어주는 것만으로도 좋다는 뜻이다.

200kg이 넘는 역기를 드는 선수도 워밍업 때는 5kg으로 가볍게 몸을 풀어준 다음 시작한다.

그런 의미와 비슷한 것이다.

자! 12개 남았어.

끄으으 .....

지금 내 몸에 달린 게 내 다리냐, 남의 다리냐!!

수지.
근력운동 부위를
크게 분류해야
한다면 어떻게
나눌 수 있겠냐.

네??

머리랑…
몸…?

지렁이냐?

…앞이랑
뒤인가요?

부침개냐?

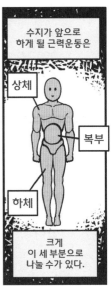

수지가 앞으로
하게 될 근력운동은

상체

복부

하체

크게
이 세 부분으로
나눌 수가 있다.

오늘은 그중
하체 운동을
시작하는 날.

하체가 중요한
이유 중 하나는
많은 유산소 운동이
다리를 주로
사용하기 때문이다.

몸이 흠뻑
젖은 뒤 마시는
생수 한 컵…!

이 꿀맛 같고도
짧은 시간!

오버하지 말고
빨리 와.

지금부터
네가 배울 건
하체 운동의 꽃,

스쿼트다!

스쿼트
squat- 앉았다 일어나기

1.다리를 어깨 너비로 벌리고 편안하게 선다.

2. 서서히 무릎을 굽혀 허벅지가 지면과 평행이 될 때까지 앉는다.

허리는 꼿꼿이 세운다.

시선은 전방 15도.

무릎이 발끝을 넘지 않도록 주의한다.

8~15회 정도 반복하는 것을 1세트로 해서, 3세트를 반복한다.

너무 쉽다면 횟수를 늘리거나, 다양한 방법으로 무게를 추가하면 된다.

으랏차 차차차차!! 스쿼트 자세!!

어이쿠! 무겁군. 좀 들어먹어야 겠다.

와아, 선생님!! 너무 멋지세요!!

일상생활에서도 틈틈이 할 수 있다.

수지에게
스쿼트 자세를
알려준 찬희.

처음인 수지는
일단 10번을
해보기로 했다.

별로 어렵게
보이지 않는데?

선생님은
쉽게 하니까
….

자세
웃기다.

자, 그럼 일단
자세를 잡아볼까.
덤벨을…

아.
처음이니
맨손이
낫겠군.

양팔을
네 팔뚝에
얹어봐라.

다리는 11자로.
서서히, 서서히
쪼그려 앉는 거야.

TIP: 개인 체형에 따라 발끝을 조금 벌리는 게 편할 수도 있습니다.

?!

힘들어
!!

무릎이 너무
튀어나왔잖아!
집어넣어!

이러면
무릎만
아파진다
!!

엉덩이는
뒤로 빼고!

허리는
펴고!

끄으읍…

숨은
참는 게
아니야!
숨 셔!

9

호흡은 중요해! 일어날 때 내쉬는 거다! 어서 숨을 뱉으라고!!

후! 후! 후!

후.

털 썩

다시!!

서서히 쭈그려 앉으면서! 허리를 펴! 엉덩이 내밀고!

저 뒤에서 운동하는 회원들에게 네 엉덩이를 마구 뽐내란 말이야!

....

거울에 비친 네 옆모습을 봐.

무릎이 튀어나왔나, 들어갔나!

...!!

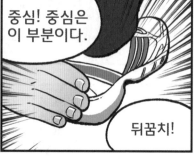

중심! 중심은 이 부분이다.

뒤꿈치!

뚱뚱해 ...!!!

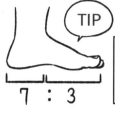

TIP

7 : 3

정도의 비율로 무게중심을 배분한다.

으...
찌릿찌릿해···!
왜 보는 것처럼
잘 안 되지?

다시!

그냥
걷기나
하고 싶어
···.

중심 잡기가 너무
힘들어요!
어떻게 무릎이
안 튀어나올 수가
있죠?

쉬운데
ㅋㅋㅋ

익숙하지
않으니까
그래.

살이 그렇게
편하게
빠지는 줄
알아?

그냥
보기만 할 땐
쉬워보였지?

넌 지금
니 몸 하나도
스스로
컨트롤 하지
못하고
있는 거야!

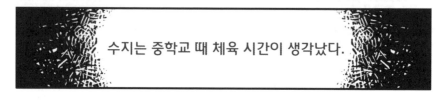

수지는 중학교 때 체육 시간이 생각났다.

그날 수업은 철봉 매달리기였다.

자, 이렇게 매달려 버티는 거다.

기록을 잴 거야.

자, 그럼 신수지.

이리 나와봐라.

네?

네가 할 수 있으면

이 반 애들 다 할 수 있으니까.

하 하 하

하 하

하 하 하 하 하

그때 난 웃었지만 즐거워서 웃었던 게 아니다.

하지만... 그때 그 선생님 말을 바꿔 생각해보면...

다른 사람도 할 수 있는 기면 나도 할 수 있다는 얘기다!

하 하

짐볼을 이용해 보기로 했다.

서서히 앉아봐.

그래, 좋아 굿!

어어…! 너무 기대면 안 돼!

공 모양이 찌그러지면 안 된다!

쭈욱

공이 불쌍 하잖아!

중심을 앞으로 옮겨라!

그렇지. 살짝만 기대는 거야.

끄으으

고개는 왜 처박고 있어?

드디어 나왔다!! 스쿼트 자세!!

시선은 15도 위를 봐! 땅은 보면 안 된다!

그렇게 2초를 버티고 일어나는 거야.

예쁘고 탄탄한 하체를 만드는 기본 운동입니다.

내쉬면서 일어나고 …

후우우

허벅지에 자극이 오는 걸 느끼면서 천천히 앉아라!

끄으윽…! 허벅지가 터질 거 같은데!

겨우 두 개째야. 엄살 피우지마.

끄아악…! 터져!! 터진다 아아아!!

부들 부들

안 터져! 자, 한번 더!

14

크으윽!!!!!

입술 깨물면서 숨 참지마! 잠수하냐?

내쉬라구!

좋아! 잘했어.

자, 그럼 네 개째!

허벅지가 불타버려엇!!!!!

ㅇㅇㅇ!!!!!!!!

스쿼트…… 부르다가 내가 지쳐 허벅지가 터져버릴 그 이름이여……!!!!

다섯!!

절반이나 남았어…!

여섯!!!

카운트 다운…!

일곱!

여덟!

아홉!

3‥!

2‥!

1‥!

마지막 횟수는 10초를 버텨봐!

하나!

끄으으으읍…!!

부들 부들

둘…!!

뭐?! 끝이 아니야?!! 끝이 아닌 건가!!

셋…!

넷…

다섯……

……

엄청난 자극…!!!!

시간이…… 이렇게 안 갈 수가 없다….

여서어어어어어어엇…

좋아!!
10!!!

크아--!

디옹

털썩

해냈다!

하악 하악

내가
스쿼트
10번을
해내고야
말았어!

하악
하악

냉큼
주저
앉지마!

뻥

쉬어도
일어서서
쉬라고.

으…
네.

자, 그럼 40초 쉬고
2세트 들어가자.

3번만 할 거야.

?!!!

이걸 몇 번
하는 건데요?

허…!!

근력운동은
보통 3~4세트를
기본으로 한다.

하나, 둘, 셋, 넷…

으아아아아….

스쿼트 3세트와 가벼운
스텝운동을 마친 수지.

으…
다리가…
제 다리가
아닌 것
같아요…

흥~건

곧 익숙해
질 거야.

가볍게 윗몸
일으키기도
해볼까.
앞으로 할
복부 운동의
준비 운동
정도로.

도르륵

!

체력장때
윗몸일으키기
몇 개 해봤냐?

한… 15개 정도요?
근데 졸업하곤 한번도 안 해서
아마 하나도 못할 거 같아요….

그때보다
더 잘할 수도
있지.

자. 일단 하는 데 까지만 해보는 거야.

자!!! 힘차게!!

딱 20개만 하자!

기합 팍 넣고!!

네.

야, 누워 있으니까 얼마나 편하냐?

그렇군요! 누워있으니까 편하네요!!

스쿼트보다 백 배는 나아요!

열심히 할게요!!!

이처럼 서로 다른 부위를 번갈아 가며 운동하면 효과적이다.

좋아!

준비…

시…

짝!

퍽

다리가 아닌 복부에 힘을 줘야 한다.

죄송해요…어쨌든 20개 했으니까 봐주세요.

알았어.

끝나고 러닝머신도 30분 빨리 걸었어요!!

알았어, 알았어.

큰헬스장

?

흔들 흔들

저어.

집에 가서
주무시면
안 될까요?

으,으음?!
수지 씨는??

수지 씨는
어디 갔어!!

근력운동 해본
소감이 어때?

음… 배랑…
허벅지가…
얼얼하고
뻐근한 정도…

그래도 의외로
할 만 한데요!?

저 근력운동에
소질있는 거
아닐까요??

우후후후후!!

…
그러냐?

어이쿠.
부럽다
부러워!

벌떡

진정한
고통은

다음날부터
시작된다.

으으…

으으으…

으으
으으…

으으…

화광일

으으으으!!

아!!
시끄러
죽겠네!

조용히
술근하란 말야,
근력운동에
소질있는 수지야!

19

괴로워
…!!!!

선생님…
오늘은 걷기 운동
안 하면 안 돼요…?

안 돼! 차라리 조금씩
움직이는 게 근육통이
더 빨리 풀리니까
걸어서 가!

어차피
장마철이 오면
걷지도 못해,
어서 어서!!
맑은 날씨에
감사하라구!!

으흐흐
흐흐…

비가 오면
안 걸어도
되는데…!

원망스런 햇빛…!

으으으
으으으…
앉고
싶어~~

내 배…!
내 허벅지…!!

밀지 마세요…
으으으으…!!
아아아아…!!!
살려줘~~

이제 겨우
계단 오르기에
익숙해졌나
했는데…

한걸음
한걸음이
너무
힘들다…!

이런
고통은
…

지금까지
한 번도
겪어본 적이
없어…!!

이곳은 복부 마을입니다.

끄ㅇㅇ...

꼬마근육이
살고 있는
마을이기도
하죠.

이게 대체
무슨 일이야!!
응?!

몸은
괜찮은 거야?!

으으...
아버지...

태풍이
왔어요.

단 한 번도
겪어본 적 없는
거대한 태풍이
...!!!

태풍...?
태풍이
왔다고...??

지방들이 끌고
올라가는 것도 모자라
이젠 자연재해까지
덮친단 말이냐!!

으흐흑...
살기가 점점
힘들어 지는구나...
집도 다 부서지고
...
이제 우린
어떡하라고...!!

아버지...

그래도 우리는
나은 편이에요.

허벅지 마을은
완전 작살이
났대요.

ㅇㅇㅇ…
끄ㅇㅇ…
으윽…

….
….

근육 함부로
차지 마라.

야 이놈들아!
일어서라, 일어서!
꾀병 부리지마!

에…
왜요??

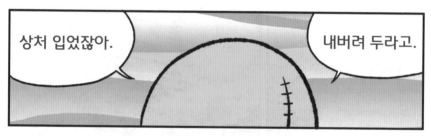

상처 입었잖아.

내버려 두라고.

대장님…!

근육들에겐
슬픔에 빠져 있을
여유 따윈 없었다.

집도 없는데
태풍이 다시
불기라도 한다면
그야말로
끝장이야…!!

라는 위기감만이 마을을 지배했다…!

여기
나무가
없어!

각목이
부족하다!

깨진
유리창은
어떡하지?

1. 심폐지구력을 늘리자

심폐지구력을 간단히 설명하면, 심장과 폐의 힘과 능력이라고 생각하시면 됩니다. 심폐지구력이 왜 중요할까요? 심폐지구력은 생활과 건강에 가장 밀접하게 연관된 체력 요소이기 때문입니다. 일이나 학업을 하면서 쉬 피로를 느낀다든가, 계단만 올라가도 숨이 헉헉 차는 이유는 심폐지구력이 현저하게 낮기 때문입니다.

"저는 주로 앉아서 일해요. 운동이랑 피로가 무슨 연관이 있나요?" 곰곰이 생각하면 날카로운 질문입니다. 운동량 자체가 적은 정신노동을 한다면, 주로 사용하는 기관은 두뇌입니다. 두뇌는 총 사용 열량의 20%를 사용하는 기관입니다. 에너지는 혈액을 통해 공급되며, 에너지를 소비하는 데는 산소가 필요합니다. 두뇌에 에너지와 산소를 더 많이 공급하려면 그만한 심폐지구력이 뒷받침되어야 합니다. 만약 심폐지구력이 나쁘면 "두뇌에 에너지랑 산소를 보내야 하는데… 힘이 모자라~"라면서 심장과 폐는 무리하게 일합니다. 그러면 쉽게 육체적 피로가 오고요.

미국의 한 대학이 고등학생을 대상으로 조사했습니다. 아침에 중—고강도 유산소 운동을 한 그룹과 아침에 운동하지 않은 그룹을 나누었는데, 그 결과 유산소 운동을 한 그룹에게서 괄목할 만한 성적 향상이 있었다고 합니다. 이는 심폐지구력 향상으로 두뇌에 보급되는 에너지와 산소의 양이 늘어났기 때문입니다. 이렇게 정신과 신체는 밀접한 관련이 있는 것입니다.

신체의 어떤 부위든 잘 움직이려면 에너지와 산소가 필요합니다. 근육 역시 마찬가지입니다. 심폐지구력이 낮으면 운동 효율 역시 떨어집니다. 수지가 처음에 근육 운동 없이 유산소 운동을 먼저 시작하는 이유가 이 때문입니다. 심폐지구력이 늘어나야 근육에 더 많이 산소가 공급되고, 더 효율적인 운동이 됩니다.

2. 무산소와 유산소 운동 순서는 어떻게 하는 게 좋을까?

〈다이어터〉에서 추천하는 운동 순서는 워밍업-무산소-유산소입니다. 이것은 검증된 방법이고
효과도 확실합니다. 그러나 현명한 독자들은 왜 그런지 의문을 가져보시기 바랍니다. 끊임없이 운동
방법에 대해 고민을 해야 더 효율적인 운동을 할 수 있습니다.

그 이유는 이렇습니다. 유산소 운동은 열량 소모가 크고, 피로가 많이 오는 운동입니다.
근육을 효율적으로 운동시키려면 에너지가 빵빵하게 남을 때 무거운 것을 마구 들어줘야 합니다.
어제는 5kg을 들었는데 오늘은 컨디션이 안 좋아 4kg을 들었다. 그럼 운동 효율이 확 떨어집니다.
컨디션이 좋지 않음에도 운동하러 나왔는데 그 정도는 봐줘야 하지 않겠느냐, 라고 생각해도
소용없습니다. 그런 면에서 근육도 잔인한 구석이 있습니다.

근육을 빨리 성장시키려면 몸에 무리가 되지 않는 범위 내에서 가능한 한 많은 무게, 많은 횟수를
들어야 합니다. 그런데 유산소 운동을 먼저 해서 체내의 에너지를 소모해버리면 무산소 운동을 할 때
최대 무게, 횟수를 들 수 없습니다. 간단히 말해 유산소 운동으로 미리 힘 빼지 말라는 겁니다.

유산소 운동 효율도 떨어집니다. 신체의 운동 에너지는 주로 간에서 저장된 글리코겐이라는 물질에서
나옵니다. 글리코겐 소비가 많아지면 슬슬 지방 연소가 시작됩니다. 이 때문에 무산소 운동으로
글리코겐을 먼저 소비하고, 유산소 운동을 하면 지방 연소가 더 빨라지는 것입니다.

워밍업-무산소-유산소의 순서가 정석이지만, 그렇다고 이것을 반드시 지켜야 할 필요는 없습니다.
"난 워밍업 생략하고 유산소 운동을 왕창 해서, 몸이 후끈할 때 무산소 운동을 하는 편이 좋아요"
라고 말씀하신다면 그렇게 해도 좋습니다. 모든 사람에게는 개인차가 있습니다. 내게 맞지 않는
방법을 억지로 하다가 운동에 대한 흥미를 잃을 필요는 없으니까요.

단백질?
우리 집
가정부
말이냐?

부릉 부릉

정말이네.

저건 어디서
끌고 온 거지?

대체 뭐가
어떻게 돌아
가는…

끼익

으잉?

시간은 잠시 전으로
돌아간다.

툭

투둑

더이상
구할 수 있는
벽돌이
없어…
으흐흑…

빨리 집을
지어야 하는데…

이럴 때야말로
근육 님들에게
도움이 되어드려야
하는데….

…

벌떡

부우우웅

화물차
운전사.

룰루루
랄라라~

탄수화물.

불쑥

!!

끼

악

26

이보시오! 이게 무슨 짓이오! 하마터면 큰 사고가 날 뻔하지 않았소!

근육 님들의 마을이 큰 타격을 입었습니다!

근육 님들을 위해 이 벽돌과 레미콘을 빌려주시지 않겠습니까!

부탁입니다!

뭐… 근육 마을이 피해를…?

….

….

….

….

….

좋소.

어차피 이 자재들은 곧 지방 놈들에게 빼앗겨 버릴 테니.

차라리 근육 님들에게 바치는 것이 더 낫겠군요.

이것들 전부를 운전사와 함께 넘겨 드리겠소.

벽돌 말고도 유용한 것들이 많으니 잘 쓰도록 전해주시오.

됐어!

됐어!

드디어 근육 님들을 위해 일할 수 있는 순간이 온 거야...!

창문이다. 창문!

나는야 공구전사!

아싸 득템!

대문이 생겼어!!

아하하

하하하

시멘트 돌격!!

와아아~

우르르르

걸레질만 잘 하는 줄 알았더니....

고마워이...

치덕

치덕

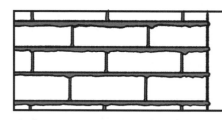

단백질의 활약으로 인해 수지의 근육 마을은 이전보다 더욱 튼튼하게 재건되어 갔다.

아직도 욱신욱신 해요...! 호호....

큰 헬스장

....

익숙하지 않아서 그런 거야.

탁 탁 탁

...!

부장님? 일찍 가시게요?

수... 수지 씨...!!

...난 한 달 후에 더 멋진 사람이 되어 돌아올 거야!!

크윽...

?

?

…….

그리고 당신!

?

내가 몸짱이 되면 후회하지 말라고!!!!

척

이 양아치 같은 남자야!!

으흥흥

쌩

? ? ?

…. ….

이 역시 자세한 이야기는 잠시 전으로 돌아간다.

두리번

두리번

수지 씨가 아직 안 왔군….

너무 빨리왔나…

...

수지 씨가 오기 전까지 좀 쉴까…?

일단 오늘도 나오긴 했는데 뭘 해야 하지?

뭐부터 하지?

뭘 해야 이 뱃살이 빠지지?

뱃살만 빼는 운동은 없나?

쭈욱

쭈욱

없다.

아니, 뱃살 따위는 중요하지 않아.

다용

중요하다.

매일매일 헬스장에 나오고는 있지만….

수지 씨와 친해지긴커녕 오히려 점점 멀어지는 게 문제다….

부장은 매일같이 관장에게 혼나기만 하고 운동도 재미 없었다.

좋은 환경….

괜찮은 트레이너….

이렇게 하시면 됩니다.

그보다 더 중요한 것은 운동하고자 하는 의지와 건강해져야겠다는 절박함.

부장은 그게 없었다.

그저 매일매일 억지로 떠밀려 나오는 심정…. 열심히 할 수 있을 리가 없는 것이다.

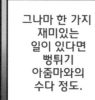

그나마 한 가지 재미있는 일이 있다면 뻥튀기 아줌마와의 수다 정도.

ㅋㅋㅋㅋㅋㅋ

맛있다!

스윽

읍!

그래…. 이 헬스장에서 아줌마만은 내 편이라고!

기웃 기웃

그나저나 수지 씨는 언제 오나…?

언젠가 꼭 사고를 낼 것 같단 말이야….

…

슬금 슬금

헤…. 헤헤. 헤헤헤.

후우 후우

관장 자식….

15 15

흐압!

은행에선 내가 짱이란 말이야!

끄아아아아압!

부들 부들

덤벨 컬

가장 기본적인 이두 운동 호흡은 들어 올릴 때 내쉬고 내릴 때 마신다.

적당한 무게를 선택할 것.

지나친 고중량은 부상과 각종 사고의 위험이 크다.

31

이게 다 살이 아니야. 근육이라고.

이 정도는 거뜬히 들 수 있단 말씀이야….

너무 무리하시는 거 아닙니까?

아뇨. 이 정도가 저에게 딱 맞습니다….

씨-익

부들 부들

네, 네.

다시 한 번 말하지만 무게에 대한 과도한 집착은 사고를 부른다.

으아 !!

무거워 죽겠네 !!!

뒤뚱 뒤뚱

이렇게!

와직

헉!!

으오 아아 아앙!

어떡하지 ….

삐뻐삐삐뻐

어떡하지~!! !!!!!!!!

털썩

그 자식
화나면
진짜
무서운데
…!

저기….
안 쓰면 좀
비켜주실래요?

!

저 벤치 프레스
해야 하는데.

벤치 프레스

가슴 근육을
발달시키는
가장 대표적인
상체 운동이다.

덤벨컬은
작은 근육 운동.

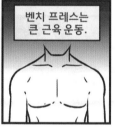

벤치 프레스는
큰 근육 운동.

초보자의 경우
큰 근육에서
작은 근육 순서로
운동하는 게
일반적이다.

돌탑을 높이
올리려면
넓고 평평한 돌부터
시작하는 것과
비슷하다고 할까.

어쨌든
깊은 고뇌를
방해받은
부장은
화가 났다.

아. 꼭 지금
이걸 해야겠어?
다른 기구 해!
다른 기구!

아니….
지금 그냥
앉아
계시면서
….

난 지금
심각하단
말이야!

뺄 살도 하나도
없으면서 그래.
무슨 운동이야.
운동이!

먹는 거나
많이 먹으면
되지.

살도 안 찌고
부럽네, 부러워!

이처럼
남의 몸에 대해
함부로 내뱉기는
얼마나 쉬운가…!

뭐지. 이 무식한
아저씨는…!

빌딩다고 힐노티
높은 것만 냅다
먹어대면 내장지방만
쌓인단 말이지!

내가 살찌려고
식이랑 운동에
얼마나 노력을
기울이능지
알지도 못하면서
…
진짜 짜증난다.

아, 그래. 비켜 줄 테니 하쇼! 해!

....

자기가 거울 깬 걸 남에게 화풀이하는 못된 부장.

해서 몸짱 되라고!!

부장의 민폐는 이분만이 아니었다.

여기는 물통!!

여기는 핸드폰!!

여기는 땀 수건!!

자기 혼자 대체 몇 개를 쓰고 있냐...

1인 4기구 독점!!

진짜 비호감일세.

으랏차차

슬프게도 정작 본인은 모른다.

깨진 유리 근처에 멍하니 앉아있다간 100퍼센트 의심받게 돼.

우선 러닝이나 뛰면서 생각해보자.

뭐라고 사과해야 화를 안 낼까?

어떻게든 좋게 좋게...

SPEED Km/h 9.8

빠빠 빠

누가 거울을 깼어!

저 사람이요. 저 사람!

제가 봤어요!

헉!

두다닥 다다닥

이미 뛰기 시작.

오호라.

으아아!!

으악.

성큼 성큼

뛰어 봤자 러닝머신입니다 !!!

으악.

으악.

빠빠 빠

두다닥

속도 낮추는 중.

으아아아아!!

무서워!!

지금 어디로 도망가는 겁니까!

문!! 여세요!

마흔후반 남자의 눈물.

뭐 하는 짓입니까. 초등학생도 아니고!

당신이 그러는데 어떻게 열어~~!

열어! 열라고!

더 이상은 못 참아.

이 뚱땡이 자식!

무슨 일인데요?

원데?

뭐야?

또 사고 쳤나?

사람들이 몰려 든다 …!!!

열어.

쪽팔려…!

더워~~!!

아니, 왜 그래 왜?

원 일이야.

아줌마다!

유일하게 내 편인 뻥튀기 아줌마!

관장놈…! 아줌마 한테는 암 말 안 하고 …!

이렇게 두고 다니면 안 돼요!

아줌마도 열심히 안 하는데 왜 나한테만 그래!

네온비 관장은 뻥튀기 아줌마만큼은 깍듯하게 대했다.

오셨습니까. 안녕하세요.

무슨 일이죠?

부장은 몰랐겠지만
뻥튀기 아줌마는
건물 주인.

저분이
거울을 깨고
숨어서…

아니,
거울을요?
근데 왜
저기
숨었대?

월세도 잘 내는
이 헬스장 기물을
파손했다고?!

회원
떨어지면
책임
질 거야!

아주 나쁜
사람이구만!!

아…

나와요! 나와!

아줌마
아아아…!

환불해줘요.
환불!

나 안 다닐
거야!

정말
입니까?

…….

안 돼…!
그 꼴을 두고
볼 수는 없어
…!!

주룩
주룩

끼익…

털썩

미안해요….

한 달간
쉬겠소
….

네온비 관장의
헬스장은
장기간 등록한
회원에 한해
한 달 정도 기간을
늦출 수 있는
방법이 있었다.

여기서 계속 굴욕을
당하느니 한 달 동안
살을 쫙 뺀 후에 다시
나오는 게 낫겠어.

그냥 한 달
하셔도 되는데.

…그렇게 된 거다.

그래, 바로 이거야!

그리고 부장은
자기 나름대로의
다이어트 방법을
결정했다!

37

새빛은행 점심시간.

부장님, 점심 뭐 드실 거예요?

항상 드시던 부대찌개?

김치찜?

감자탕?

아니야. 아니야….

난 오늘부터 내 방에서 혼자 먹겠네. 도시락을 싸왔거든.

그리고 당분간 회식도 안 할 거야.

?!!

오오..

다이어트 하시는 거예요? 진짜로?

부장님이 ?!

도넛 전문점 우량고객인 부장님께서 다이어트를?!

하하하하…. 다들, 기대하라고.

하지만, 직원들 누구도 큰 기대는 하지 않았다.

공깃밥은 빼주세요~!

적

수지 씨는 참 부지런하다니까.

에헤헤헤헷. 자꾸 먹어버릇하니까 고소하고 괜찮더라고요.

맞아, 요즘 살도 많이 빠진 것 같고. 현미밥 맛있어?

점심을 회사 동료와 백반집에서 먹는 일이 많아지자 수지는 현미밥을 싸다니기 시작했다.

애초에 밖에서 사먹는 음식 중에서 몸에 좋은 건 찾기 어렵다. 대신 흰 쌀밥만이라도 피하도록 해.

삐이이이

외식은 최대한 안 하는 게 제일 좋겠지만….

직장생활 하면서 다이어트 한다고 너무 티 내고 다니는 것도 좋은 방법은 아니야.

그럼 괜히 안 좋은 소리나 싫은 소리를 더 하는 사람도 분명 있거든.

퍽 퍽

동료와 적당히 어울리면서 현명하게 식이 조절하는 것도 네 능력이야.

가끔 살 찌는 걸 먹었을 때나, 과식했을 때는 다음날 조심하면 된다.

자, 다음부턴 네가 싸.

부장님 다이어트 한다는데 성공할까?

딸그락

분명히 원푸드겠지. 마법 수프거나….

난 실패하는데 만 원 건다.

나도 실패하는데 만 원 건다.

뭐야 그럼 내기가 안 되잖아?

ㅋㅋ

ㅋㅋ

….

정말 원푸드로 다이어트 하시는 걸까? 말리고 싶은데….

이젠 운동도 안 나오시고.

부장님은 정말 옛날의 나 같다. 급하게 빼고 싶은 마음 난 너무 이해해.

큰 헬스장

아이구 다리야….

끄응

오늘은 복부 운동 하는 날…. 그리고 유산소도….

운동의 시작은 언제나 워밍업부터….

빨리 가볍게 운동해서 풀자….

스윽
스윽
스윽

아, 내 다리….

주물
주물

어…?

어엉?

왜 이래! 내 허벅지!!

퍽
퍽
퍽

언제부터 이렇게 딱딱해진 거지…?!

근력 운동해서 그런 건가…!!

두
둥

안 돼…!

그런 몸은…. 좀…!

워밍업 벌써 끝났어?

…저‥기….

머뭇
머뭇

?

아무래도 표준체중이 되기 전까지는 근력운동을 하지 않는 게 좋겠어요!

무슨 소리야?

근육이!

근육이 너무 많이 생기면 어떡해요?? 그럼 몸이 울퉁불퉁 해지잖아요, 남자처럼!!

이것 봐요…!

딱 딱

운동했더니 종일 딱딱하단 말이에요…!

저는 인바디 봤을 때 지방이랑 근육이 다 많은 상태인데…. 이 근육들이 다 커지면…….

이렇게 되잖아요…!

……

으아앙

근력 운동을 하지 않는 여자들의 가장 큰 착각 중의 하나….

그건 마치 이런 얘기와 같다.

야, 신수지. 넌 왜 공부 안 해?

구구단 이라도 외워….

!

너 큰일 날 소리 하는구나!

난 공부를 시작하면 너무 똑똑해져서 박사가 되어 버릴까 봐 안 하는 거야.

박사가 되면 곤란하단 말이야. 안경도 써야 하고.

…

근육이 그렇게 만만해?

근육이 그렇게 쉽게 생길 거 같아?

그럼 운동 쬐끔하면 너도나도 전부 보디빌더하게?

근력운동을 근육짱 돼버린다고 안 하는 사람들은 그저 근력 운동에 무지한 사람의 패배적인 변명일 뿐이야!

잠깐 딱딱해졌다고 징징거리지 마. 이 징징아.

크런치

1/2 윗몸일으키기

이 정도 각도까지만 들어올린다. 목에 힘이 들어가지 않도록 주의!

상복부의 대표적인 복근 운동.

윗몸 일으키기와 비슷해 보이지만 상체를 바닥에서 완전히 들어올리지 않는 차이점이 있다.

최대한 배의 힘으로 상체를 올려야 한다.

그런가…….

그럼 왜 딱딱 해지는 거지…?

빵 빵 빠-앙

?

쿠르르르

뭐, 뭐야… 태풍이 다시 오는 거냐?!

지방인가?

아니, 아니에요.

저건…

수분이 오고
있는 거예요!!

우르르르

인터넷에서
보고 왔습니다!

얼마나 상심이
크시겠습니까!

기왕
이렇게 된 거
희망을
가집시다!

전 생수를
지원할게요!

전 봉사활동
점수 때문에….

전, 그냥
구경…!

수분은 오지랖쟁이.
몸에 무슨 일만 생기면
언제나 달려와 참견하길
좋아한다.

뭐야?

무슨 일이야?

응?

응?

삐거나 부러지면
부어오르는 것도
일시적으로 수분이
몰리기 때문이다.

뚝딱

뚝딱

뚝딱

오 오

오

오

그럼 이제
가자.

그래.

아, 봉사활동
사인 좀….

볼일이 끝나면
전부 돌아가니
걱정하지 말자.

근육이 딱딱해지는 이유는
수분 외에도 여러가지가 있지만
다 말하자면 복잡해지니 생략.

보람찬 하루였다.

뿌듯해!

재밌다

히히

근육이 커지는 건 남성호르몬의 영향을 많이 받는다.

여자는 진짜 운동을 여어어어어어어어어어어어 어어어어어어어어어어어어어어어어어어어어 얼씸히 해야 겨우 근육이 나올까 말까란 말이야!

정말요?

연아!

효리!

몸짱 아줌마!

다들 언제나 네 몇 배의 근력 운동을 꾸준히 한다.

그 사람들이 울퉁불퉁하냐?

아······.

그럼 여자 보디빌더들은 어떻게 된 거죠?

정말 열심히 한거지.

엄청난 운동과 자로 잰 듯한 식단을 지켜가면서.

저도 열심히 할건데···.

아니, 그 분들은

방금 네가 한 것보다 100배는 더!

끄으으으......

신수지! 자냐?

찰싹 찰싹

일어나! 유산소 운동 해야지!

이건 지옥이야....

수지는 크런치와 레그레이즈를 각각 4세트씩 힘겹게 끝냈다.

레그레이즈

다리 들어올리기

하복부의 대표적인 복근 운동.

허벅지나 엉덩이가 아닌 하복부 근육의 힘으로 다리를 들어올리도록 노력한다.

초급자의 경우 무릎을 약간 굽혀도 좋다.

이제부터 여기가 우리 집이야.

이왕 무너진 거 아예 새로 지어버렸지.

와~ 너무 멋져요!

짱이네요!

덩실 덩실

복부 마을은 하루 만에 재건에 성공한다.

앗!

후우우우

태풍이 또 오잖아?!

이젠 무섭지 않지롱!

쓰슝

역시 새집이 좋구나.

이번엔 날아가지 않겠지?

그럼요.

덜컹 덜컹

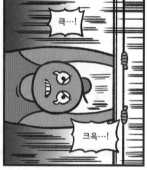

수지의 다이어트 4차 점검일.

찰칵
찰칵
찰칵
찰칵
찰칵

초반보다 정말 많이 빠졌군.

전체적으로 치수도 줄었고.

이대로만 하면 되겠다.

좋아. 넌 정말 훌륭한 샘플… 아니, 다이어터구나.

흠…

하지만, 왜 체중은 미세하게 줄어드는 걸까요. 초반에는 팍팍 빠졌는데요.

그렇다. 수지의 체중은 아직도 80.2kg

과식도…. 폭식도 안 했고 일주일에 한 번씩 먹고 싶은 것 1인분 정도를 먹는 것 말고는…. 0.5킬로 정도는 또 금방 빠질 줄 알았는데

왜 계속 이렇게 많이 나가는지….

운동도 일주일에 5번씩이나 나가는데. 장마 때문에 걷기 운동을 못해서 그런 걸까요? 아니면 너무 많이 먹어서….

?

도대체 뭐가 문제지…. 휴.

조급해 하지 마. 사진 봐. 빠졌잖아.

왜 그렇게 숫자에 집착하는 거야?

네가 80kg 이라고 해도 남들이 널 75kg으로 보면 되는 거잖아.

이 간식은 200칼로리! 이 간식은 190칼로리!

언제 어떤 걸 간식으로 먹느냐가 중요하지, 10칼로리 차이가 중요해?

오옷!
일어나서
바로 재니까
살이 빠졌당.

좋아!

끼약!
밥 먹고 재니까
체중이 늘었어!

난 너무
뚱뚱해…!

으앙.

와우!
저녁때 화장실에서
큰 걸 내보냈더니
살이 쫙
빠져버렸네!!!

ㅋㅋㅋ

신난다.

…라는
너의 옛날 모습을
벌써 잊어버린 거야?

……
……

숫자에 상관없이 넌 하루종일 뚱뚱해!

네 체형이 어떻게
보이느냐가 중요하잖아.
어차피 체중계 숫자는 너만
아는 거고, 아무도 너한테

으흐,
남이 몇키론지
궁금함.

올라가 봐요.
올라가 봐~

체중계
갖고 왔음

리고 하지는
않는단 말이야….

체중에
너무 집착하지 마.
눈에 보이는 걸
믿으라고.

…

하지만…

80kg대와 70kg대는…
프리사이즈!!
(44~66)

5.000
~10.000

SALE

46

마음가짐이 다르단 말이에요….

참고
일반적으로
나누는
여성 옷 사이즈

(상의)

		매우 마름
보통 사이즈	44	마름
	55	정상
	66	뚱뚱
	77	
수지는 여기쯤	88	
이름부터는 인터넷에서 옷 사이즈도 잘지도 않다	99	
	100	
	110	

수지의 키인
163cm 기준.

80kg이나 나가는 내겐 아직도 이런 옷은 그림의 떡……

…

구경도 권하지 않는다.

5.000

3.000

FREE 50%

나는 언제쯤 길에서 파는 옷을 척척 사 입을 수 있을까…

새빛은행

안녕~ 수지 씽!

오늘도 좋은 아침이야.

부장이 헬스장을 쉬고 다이어트를 시작한 지 열흘째.

두

둥

이목구비도 조금 뚜렷해졌다.

현재까진 상당히 빠른 감량을 하고 있다.

좋은 아침.

오오….

부장님, 정말 살이 쭉쭉!

그래서 최근 많은 사원의 관심과 주목을 받는 부장.

신기하다.

운동하세요? 비결이 뭐예요?

차승원처럼 되시는 거 아니에요?

꽃중년! 미중년!

입사 이래 최고의 인기.

들었나. 수지 씨?

….

어떡하지. 내 만 원….

다른 사원들과 내기함.

난 이대로 살을 쭉쭉쭉쭉 빼고, 헬스장 가서 몸짱이 될 거야…!

아. 살이 빠지니 몸이 정말 가벼워~♪

이래서 사람들이 다이어트~ 다이어트하는구먼.

비결 좀 알려줘요~

비결은 비밀~

부장실

탁

좋아~!

한 달 동안 딱 15kg만 빼고 헬스장에 다시 가자…!

지금 5kg이나 빠졌으니까 불가능한 것도 아니야.

양아치 녀석…! 매일같이 수지 씨를 괴롭히고 있겠지…!!

저보다 몸이 좋아지면 가르치시던가요.

실제로 한 말

자기 몸에 붙은 살부터 떼고 오시죠?

그리고 점점 부장의 머릿속에서 부풀려지는 기억.

나!!!!보다!! 몸이!! 좋아지면!!! 그!! 때!!!!

말하란 말이야! 이 돼지야!!!!!

51

좋아질 거다.
이놈아!

원푸드가 안 좋은것
정도는 나도 알아.
다이어트 약도…!

딸깍

무조건 굶기도
요요가 온다는 것
정도는 나도 안다고.

그래서 난
내 나름대로
누구보다 건강하게
다이어트를 하고
있단 말이다.

요요 따윈
없어!

퇴근길.

수지는
우울했다.

부장님은 대체
뭘 했길래
그렇게 단기간에
살이 빠진거지?
왠지 조바심 나….

나도 많이 뺐는데
다들 부장님만
칭찬하고.

내 체중은 계속
80kg….

새빛은행

체중이 변하지 않으니까
힘들게 근력운동하는 게
다 헛고생 같고….

우울해….

역시 식단이
문제인가?
부장님은 운동
없이도 잘 빼고
있었잖아?

배가 고프기전에
조금씩 먹어야
하는 거다.

아몬드 10알씩
먹어라.

아침
챙겨먹어.

세 끼 다
제시간에
먹어.

먹어, 먹어…!
나 너무 많이
먹는 거 아니야?

체중이 80kg에서
멈춰버린 거 같아….

주변 사람의
급속 감량.
그것은 정석대로
걸어가는 수지의
마음을 뒤흔들기
충분했다.

수지 씨. 퇴근 중이야?

어? 부장님.

부장님도 퇴근하시는 거예요?

운동을 그렇게 열심히 하는데 빨리 빨리 감량이 잘 안 돼서 속상하겠구만. 허허!

응. 수지 씨는 헬스 계속 다니는 거야?

네.

수지 씨 옆에 붙어 있는 트레이너 능력이 없구만.

아니에요.

내가 단기간에 요요 없이 빼는 방법을 가르쳐줄까?

!!!!

그런 방법은 있을 리가 없어 …!!!

그래도 솔깃하다…! 알고 싶다…!

아니에요 부장님… 저는 그냥 이대로 갈래요.

아냐, 아냐. 들어봐. 수지 씨. 그 방법이 뭐냐면…

아아! 안들어요! 아아아아아아~!

수지 씨!

쌩

으으음…!

왠지 머리가 아프군…

다리에 쥐도 나고 …

피곤하군… 빨리 집에 가자.

아무래도 안 되겠어 ….

추쿵 추쿵

차쿵 쿵

살이 더 잘 빠지려면 ….

여기시 먹는 걸 더 줄이는 수밖엔 없어…!

3. 운동 시 식단 재구성

운동 시에 필요한 영양 섭취도 기본적으로는 다이어트 식단과 크게 다르지 않습니다.
"근육에는 단백질이 왕창 필요하다며? 그럼 고기만 처묵처묵 하겠어!"라며 좋아하시는 분이
있으신가요? 〈다이어터 라이트 에디션〉 1, 2권에서도 강조했지만, 가장 중요한 것은 균형입니다.
가령 건강을 위해 비타민C를 따로 복용하는 독자도 있을 겁니다. 그러나 비타민C 홀로는 온전히
섭취가 되지 않습니다. 비타민C와 상호작용하는 비타민B군, 아연, 엽산, 콜린 등의 영양소가
필요합니다.
마찬가지로 근 성장의 필수적인 단백질 역시 섭취를 도와줄 탄수화물과 여러 영양소들의 충분한
섭취가 필수입니다. 단백질만 들입다 먹기보다 다른 영양소를 골고루 먹는 편이 효과가 큽니다.

그러나 운동선수가 아닌 한, 영양 섭취의 세밀한 부분까지 관리하기는 어렵습니다.
우선은 〈다이어터 라이트 에디션〉 2권에서 소개한 식단을 기본으로 하세요. 본격적인 근력 운동을
시작하면 기존 다이어트 식단에 단백질, 탄수화물을 추가하여 섭취합니다.

4. 단백질과 탄수화물의 섭취

탄수화물은 신체 활동에 에너지를 제공하는 영양소입니다. 너무 많이 섭취하면 지방으로 변환되지만,
부족하게 섭취하면 운동 효율이 떨어집니다. 순전히 살을 빼려고 아무것도 먹지 않고 운동하시는
분도 있을 겁니다. 확실히 공복 상태에서 운동을 하면 지방 소비율이 매우 크다고 합니다.
그러나 그런 상태로 운동하면, 신체는 기아 상태나 마찬가지라고 여기고 막대한 양의 근육 단백질을
에너지로 소비합니다. 힘들게 운동을 해놓고 요요현상을 겪을 수 있다는 것이죠.

〈다이어터〉의 일관된 주장은 "요요 없는 다이어트! 근육을 단련해서 기초대사량을 늘리자!"입니다.
근육이 원활하게 움직이려면 에너지, 즉 탄수화물이 필요합니다. 다만, 이왕 탄수화물을 섭취한다면
지방으로 변환되지 않는, 최대한 운동에 반영될 수 있는 타이밍이 좋습니다.

운동하기 1~4시간 전: 충분한 탄수화물 섭취는 운동 능력을 향상시킵니다.

운동하기 1시간 이내: 개인차가 있지만, 사람에 따라 오히려 저혈당 현상을 일으킬 수 있습니다. 음식물이 충분히 소화되지 않았을 때는 위의 음식물이 시계추 운동을 하여 복통이나 소화불량을 일으킬 수 있습니다.

운동하는 도중: 소량의 탄수화물 섭취는 운동 능력을 향상시킵니다. 이때는 몸에 섭취되기 쉬운 당 형태가 좋습니다.

정리하면 운동하는 도중 탄수화물을 섭취하는 것이 좋다는 결론입니다. 운동 중에는 충분한 수분도 섭취해야 하므로, 포도 주스와 물을 1:4 정도로 희석한 것을 드시길 추천합니다. 혹은 스포츠 음료도 좋습니다. 포도 주스나 스포츠 음료의 가격이 부담된다면, 물 200ml에 꿀을 3작은술 넣은 꿀물도 좋습니다. 이것을 15~20분 간격으로 나누어 마시면 운동에 도움이 됩니다. 단 운동이 끝난 직후에 탄수화물 섭취는 거의 필요 없습니다. 배고픈 다이어트에 반대하는 〈다이어터〉지만, 이때는 인내심이 필요합니다. 물론 다이어트가 아닌 순전히 운동 목적이라면 운동 이후에도 약간의 탄수화물 섭취를 해주면 좋습니다.

단백질은 어떻게 섭취해야 할까요? 이는 탄수화물보다 다양한 학설이 있고, 과정도 복잡하므로 일반적으로 추천되는 방법만 정리합니다.

1. 식사 중 충분한 단백질을 섭취합니다. 하지만 요구량 이상의 많은 단백질이 근육 성장을 더 많이 시키지는 않는다고 합니다. 운동 시 하루 필요한 단백질의 양은 몸무게X(1.5~1.8)g입니다. 대략 매 식사당 20g 정도면 적당합니다.
2. 운동 직후 1시간 이내가 단백질 섭취하기 좋은 타이밍입니다. 이때 필요한 단백질은 닭가슴살 100g, 살코기 100g, 달걀 3개 정도입니다. 아니면 단백질 20g 정도 들어간 단백질 보충제도 좋습니다.
3. 다이어트가 아닌 순전히 운동 목적이라면, 40g 정도의 탄수화물을 동시 섭취합니다. 이는 근육 성장에 큰 도움이 됩니다. 바나나 1/2개, 사과 1개, 시리얼 반 컵 정도가 적정량입니다.

탄수화물과 단백질 섭취는 운동하는 데 가장 중요한 요소입니다. 과일과 채소를 곁들여도 좋습니다.

다음날 아침.

새빛은행

냠냠   냠

2개를 들고 나왔지만 1개만 먹고 1개는 다른 사람 줘야겠다.

바나나 드실래요?

아, 고마워.

두유도 반만 마시고 버려야지….

전날 아침 식단.

AM 8:00
바나나 2개
두유 1팩
사과 1개
아몬드 5알

적게 먹으면 분명히 혼날 텐데….

종류만 적는다면 모르겠지.

늘 먹던 패턴이라고 생각할 거야.

슥삭   슥삭

AM 8:00
바나나
두유

수지 씨. 싸온 밥을 반이나 남겼네?

배 안 고파?

입맛이 없어서요. 헤헤….

수지는 이런 식으로 찬희 몰래 먹는 양을 줄여가기 시작했다.

다시!!!

아직 1세트 남았잖아!!!

헉헉…. 너무 힘들어요….

털썩

못하겠어요.

….

56

너…
밥은 제대로
먹고 다니는
거야?

왜, 왜요?

아니, 얼굴빛도
별로 안 좋고.

운동을 꾸준히
하는데도 근력 운동
능력이 오히려
퇴보되고 있잖아.

며칠 전만 해도
데드리프트
12회씩
잘만 하더니
왜 오늘은 5회밖에
못하는 거야.

데드리프트

앞   뒤

전신의 근육을 골고루 발달시켜주는 운동.

숨을 들이마쉰 후
참는다.

복부 근육에
힘을 주며
바벨을
들어 올린다.

등이 구부러지지
않도록 주의한다.

후

바벨을 완전히
들어 올린 후
숨을 내쉰다.

어차피 글만으로
배우기 어려운
운동이라
최대한 간단하게
적었습니다.

벤치 프레스, 스쿼트와 더불어
대표적인 3대 근력 운동 중 하나.

다른 운동은 몰라도
이것만큼은 꼭
전문 트레이너에게
제대로 배우세요.

그게…. 몸이 좀 안 좋아서…….
오늘은 좀 쉬고 싶은데…….

….

ORGO HOME

알았어.
오늘은 가볍게
조금만 더
걷고 쉬어.
저녁은 집에
가서 먹자.

머, 먹고
왔어요!

약속이
있어서….

밖에서….
다른 분이
사 줬어요.

그래?

폭식은
안 했으니까
….

찬희는 그냥
넘어가기로 했다.

그날….
뭐 그런 건가?

당분간은
닦달하지
않는 게
나으려나.

하지만, 식단일기는
어떻게 써야 할까.

안 먹은 걸
적을 수는
없어….

굶었다고 하면
화낼 테고….

아~~
어떡하지…!

그냥 비워놓고
깜빡했다고
해야겠다…….

탁

79.1

우와…!

역시 먹는 걸
줄이니까
하루 만에
앞자리가
7이 됐잖아?

과정이야
어쨌든 기뻤다.

힘들어…!

쉬고 싶어…!
다리 아파…!

수지는 그렇게
찬희 몰래 섭취
칼로리를 줄였다.

배가 심하게
고팠지만 참았고
대충 작성하는
식단일기는
엉망이 되어갔다.

운동도 제대로
할 수가 없었다.

너무 힘들어요…!

…죄송해요….
못하겠어요….

쉴래요.

쉬고
싶어요….

……

단백질이
안 와….

정말 지독한 태풍이었어….

근육님들! 너무 상심 마세요!

제가 또 어떻게든 해보겠습니다.

자재와 인력을 구해올게요.

조금만 기다려 주세요!

빨리 와~!

그것이 단백질의 마지막 뒷모습이었다.

이대로 마냥 단백질이 돌아오기만 기다릴 수도 없고….

나라도 찾으러 가봐야겠구나.

너무 걱정 하지 말렴.

그 후로도 몇 번의 태풍이 지나가는 동안

아빠에게선 소식이 없다.

이럴 바엔 차라리 옛날로 돌아가고 싶어…!

두두두두…

‼

두두두두두

단백질?

아빠??

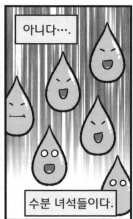

아니다….

수분 녀석들이다.

뭐야.
아직도
그대로네.

재미없다.

인구도
엄청 줄었네.

근육 마을은
단백질 없인
아무것도 안 되나?

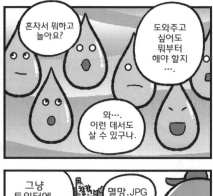

혼자서 뭐하고
놀아요?

도와주고
싶어도
뭐부터
해야 할지
….

와….
이런 데서도
살 수 있구나.

그냥
트위터에
올리자.

멸망.JPG

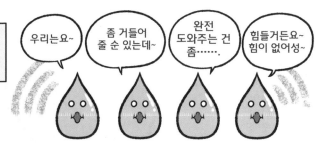

이 녀석들은
도움이 안 된다.

우리는요~

좀 거들어
줄 순 있는데~

완전
도와주는 건
좀…….

힘들거든요~
힘이 없어성~

61

야! 비켜, 비켜.

척 척 척 척

우리도 너희의 요즘 꼬락서니를 봐서는 이렇게 하고 싶지 않지만. 수지의 먹는 양이 너무 줄어들어서 오늘부로 비상계엄이 선포됐다.

네놈들이 지방 대신 일을 해줘야겠어.

얘들아. 잡아라!!

두두두두두

너무 지독하잖아!!

이렇게 힘든데 또 일손을 잡아 가겠다니!

끄아악~!

걘 그냥 놔둬. 아직 어린애잖나.

이 정도면 됐어.

원망하려면 굵고 운동하는 수지를 탓해!

우르르

불행은 이뿐만이 아니었다.

으..

으으

으으으….

크어어어….

탈영병
들이다…!

곧 떠오를 것을
아는 지방……

살려줘어어어.

그들이 마지막으로
할 수 있는 일이라고는….

대장님이 꽉
붙잡으랬어어어….

같이…. 같이….

같이….

한 명이라도 많은 근육을
길동무로 데려가는 것이다.

영양이 부족한
상태에서
운동하는 것.

부우웅

그것은 차라리
운동을 하지
않으니만 못했다.

아빠….

단백질아…!

제발 빨리
돌아와 줘….

그렇게 며칠이 지났다.

오늘 식단일기엔 뭐라고 쓰지….

다녀왔습니다.

식단일기를 쓰는 본래 목적마저 상실.

헉!

오늘은 운동 쉬자.

와서 앉아.

….

요즘 운동도 힘들어하고 ….

잘 먹는 것도 중요하니까 ….

어떡하지?

저걸 다 먹으면 다시 80kg이 되어버릴 텐데….

아…….
왜 안 하던
짓을 해놨대
…!

자. 먹자.

어떡하지….
어떡하지…!

저는 아직
….

점심이….
소화가….

끄르륵

….

…야, 너….

앗….
소화가 됐나 봐요!
잘 먹겠습니다!

긴장감이
맴도는 식탁.

깨작
깨작
달각
달각

살이 찐다
….

살이 쪄버릴
거야….
무서워….

죄송해요….
그만 먹을게요….
입맛이 없어요….

그래.

너 진짜
짜증 난다.

!!!

쫄쫄 굶어서 앞자리 7을 보니까 이제 행복해?

알… 고 있었어요 …?

너 살은 왜 빼냐?

식단일기는 뭐하러 쓰는데?

다 집어치워.

내가 바보인 줄 알아?

탄수화물도 거의 먹질 않으니 운동 능력이 떨어지는 게 당연하지.

그런 게 아니라….

시끄러워. 이유도 듣고 싶지 않아.

열심히 하는데도 초반만큼 크게 변화가 없으니까 초조하고 의욕이 떨어지는 거 이해해 보려고 했어.

그런데 넌, 지금 날 무시하고 그냥 네가 옳다는 방법대로 하고 싶은 것뿐이잖아?

….

네가 지금 네 몸에 무슨 짓을 하고 있는지 알긴 아냐?

부장님은 잘 빠지시는데….

…….

저는 계속 제자리라서…….

네가 옳다고 생각하면 그렇게 해라. 그리고 후회하라고.

차려놓은 건 처먹든지 버리든지 마음대로 하고.

넌 아마 평생 변하지 못할 테니까.

내가 도대체 여기 왜 있는지를 모르겠군.

내가 줬던 신상정보도 다 내놔.

그게….

그게….

그게 아니에요! 선생님을 무시한 게 아니란 말예요!

단지…! 이렇게 계속 운동하는데 변화가 없으니까…!

조금 더 빨리 효과를 보고 싶었던 것 뿐이라고요!

젠장!!

그놈의 빨리빨리!!

....

그렁

그렁

한편….

부장은
7kg을
감량했지만

잦은 울렁거림과
메스꺼운 증상을
겪고 있었다.

우우욱!

우웩!

이상하다….
왜….
왜….

머리도
아파….

너무
힘들어….

아무래도
안 되겠어….

ㅇㅇㅇ

병원으로….
병원으로
가 주십시오….

허억
허억

선생님…!

핸드폰도
놓고 갔어….

꾸역
꾸역

나는 정말
멍청해….

'어떡하지'라니…?

수지는 잠시 고민하다가 헬스장 가방을 싼다.

찌익

어쩌면 선생님이 헬스장에서 기다리고 있을지도 몰라!

이제 와서 집에 멍하니 있어봤자 아무 소용이 없다.

오늘은 식사를 충분히 했으니 운동할 수 있어.

정신 차리고 다시 시작하면 된다…!

마냥 선생님이 다시 오길 바라면서 넋 놓고 있을 수는 없어!

식이도, 식단일기도, 운동도…. 다시 하면 되는 거야…!

MEDIC
4

지금은 내가 할 수 있는 걸 해야만 해….

큰 헬스장

두리번 두리번

오늘은 혼자 오셨네요?

네? 네….

여긴 안 왔다는 거네….

다른 곳도
찾아볼까…?

아니야….
선생님 성격 상….
내가 억지로 찾아내도
기뻐하지 않을 거야.

내가 얼른
정신을 차리고
예전 패턴을 찾는 게
중요해….

항상 그냥
선생님이
짜 주는
대로만
운동하고
움직였다….

내가 스스로
알아볼 생각은
안 했어…!

생각해보자. 오늘 운동은
뭘 해야 할 것인가…!

그저께는
복부….

어제는
하체 운동과
복부.

그럼 오늘은
상체 운동을 하자.

워밍업은
10분만!

큰 근육에서
작은 근육 순서로
운동하면 돼…!

작은 근육운동
먼저 하면 근육이
쉽게 지쳐버려서
큰 근육운동이
힘들어져.

그래서
큰 근육부터
시작하는
거야.

선생님이 없어도 그렇게 하면 된다…!

어제는 12회씩 3세트….

후우─

후우─

오늘은 13회씩 해 볼까?

여자는 중량보다는 횟수를 늘리는 게 좋아.

그렇다고 해서 무게를 늘리지 말라는 건 아니야. 너무 가벼운 건 운동이 안 되니까.

그럼 적절한 무게는 어느 정도 인가요?

그건 사람마다 달라.

해보면서 네가 맞춰가야지.

5회째.

으…. 이게 제법 무겁네요.

8회째.

힘드네요.

12회째.

크악! 더 이상은 …!

1세트 끝! 좋아! 딱 그 정도가 좋은 거야.

후아…!

데굴 데굴

제대로 된 1세트…!

운동 시간 보다는 집중력!!

하아….

냉큼 주저 앉지마!

쉬어도 일어서서 쉬라고.

벌떡

서서 쉬자!

1세트가 끝나면 40초~1분 정도 쉬어주고 하면 돼.

채칵 채칵

6

40초….

2세트 시작!

후우!

OFFICE

오늘부터는 무슨 운동을 했는지도 적어두는 게 좋겠다…!

...계속 숨어 있을 거냐?

네. 수지한텐 말하지 마세요.

쟤 좀 혼나야 되거든요.

며칠간은 관장님 집 신세 좀 질게요.

숙식비는 하루에 만 원.

아, 좀! 돈에 환장을 했나.

...그런데 수지씨도 대단하군.

계속 잡아주던 사람이 없어지면 운동도 놔 버리기 쉬운데.

곧바로 헬스장에 나와서 운동을 하다니….

서찬희.

보기보다 꽤 수지 씨에게 신뢰를 받는 트레이너가 된 것 같구나.

당분간은 내가 신수지 씨 자세 같은 걸 봐주마.

수지는 처음으로 혼자서 상체 근력운동과 복부 운동, 러닝머신 30분을 하고 집에 돌아왔다.

내일은 걷기 좋겠다.

뭔가 사고가 난 건 아니겠지….

어디로 간 걸까….

돌아오면….

정말 미안하다고 해야지….

미안해요….

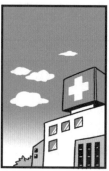

몸은 좀 어때요?

검사 결과가 나왔습니다.

최근에 극단적인 다이어트를 하셨나요?

그게…. 다이어트를 좀 하긴 했는데….

그래도 물도 많이 마셨고.

배고프게 먹지도 않았어요. 몸에 좋은 것만 먹었는데….

체중도 잘 빠지고 있었는데….

갑자기 왜 이러는 겁니까?

원인이 뭐죠?

저나트륨 혈증입니다.

네…?? 그게 뭔데요?

쉽게 말하자면 물을 지나치게 많이 드셨거나, 소금을 너무 안 드셨거나….

혈액 속 나트륨 농도가 급격히 떨어져 건강에 이상이 생기는 겁니다.

부장은 후자였다.

계속 이렇게 다이어트 하다간 죽을 수도 있어요.

예에? 하지만, 소금은 몸에 안 좋은 거 아닙니까?!

부장은 원래 짜게 먹는 걸 좋아했다.

기사 식당

부장님, 소금 너무 많이 넣는 거 아니에요?

무슨 소리야! 한국인은 얼큰하게 먹어야 속이 든든하다고

김 부장은 진짜로 짜게 먹는다니까!

이대로 가면 위궤양 따원 일도 아니겠어!

나트륨.

만날 속 따갑다면서 고칠 생각을 안 해~

79

부장 나라.

상서대기중 소금 나이트

어휴. 젊은 놈들이 땀흘려 일할 생각은 안 하고.

여자 꾀는 데만 혈안이 돼서….

저런 놈 때문에 성실한 녀석들까지 같이 욕을 먹는다니까.

아! 꼰대들! 시끄러워요. 좀!! 아가씨들 곧 오는데!

방해하고 있어.

크악…짜! 어~ 시원하다!

뻔쩍

물을 많이 마셔서 속에서 중화시키니 괜찮겠지!

어이. 커피 마실 사람?

Coffee

수분이 온다!

우르르

어쩐지…

느낌이 그다지….

이봐! 아가씨들!!

같이 놀자!

놀다가요 놀다가

혼빈

기다렸다고. !!!

보, 보내 주세요….

이히히. 못 가!

역시 나트륨의 수분 꼬시는 능력은 천부적 이란 말이야.

소금을 많이 섭취할 경우 우리 몸은 물을 많이 남게 해 희석시키려고 한다.

에이, 가지 말라니까~.

까아아아.

왜 점점 살이 찌는 것 같지?

결국, 몸이 계속 부어 있는 상태가 되는 것이다.

거울

물론
소금 자체는
몸에 꼭
필요하다.

단지 너무
많이 먹다보니
문제가 될
뿐이다.

밖에서 외식을
자주 하는 경우
대체적으로
음식을 짜게
먹게 된다.

그래….
운동은
둘째 치고,

내가 살을
못 빼는 건
짜게 먹기
때문이다
…..

싱겁게
도시락을
싸 다니자!

거기서
멈췄어야 했다.

저염식
….

이게 가장
최선의
방법인가.

아니, 아니야.
아예 통 크게 소금
자체를 끊어 버리자.
짠 건 무조건
안 좋으니까!

그리고 또,
또 다른
방법은
없나?

검색!
검색!!

안전하게
빨리 빼는
방법!

탄수화물을
줄여야 살이
빠진다고?
정말?

최대한
단백질만 먹자.
닭가슴살 50팩
시켜야징.

앞으로 빵은
절대 못 먹겠군….
밥도 많이 먹으면
안 되겠네.

부장이 선택한 건 완전한 무염식과 저 탄수화물 식단.

처음엔 아주 기막힌 방법이라 생각했지만….

먹을수록 몰려오는 깊은 빡침.

크윽… 큭… 제기랄…

그래도 살이 잘 빠지고 있으니까…. 으흐흐….

소금을 안 먹으면 수분이 빠진다.

오늘은 붙잡는 애들이 없네.

쾌적해~

그뿐이다.

자, 보시죠. 이 물에 젖은 스펀지가 보통 사람의 몸이에요.

근데 지금 환자께선….

이런 겁니다.

쫙

당장은 살이 빠진 듯 보이지만 이게 끝이죠.

이런 상태의 몸을 지속하는 게 무슨 의미가 있죠?

소금을 섭취하는 순간부터 다시 쫙쫙 돌아올 텐데.

거기다 탄수화물도 안 먹고…. 다이어트 하다가 돌아가실 일 있어요?

….

차라리 수분만 빠지고
끝나면 그나마 다행이다.

큭….

끄으으….

탄수화물은
어디갔나 ….

부장
네 이놈….

소금이
필요해….

이러면
곤란하다고 ….

끄으으….

뇌는 어떡해서든 모자란
부분을 채워놔야 하는
임무가 있는 것이다.

그래.
잘은 모르겠지만
분명히 무슨 일이
생긴 게로군….

이럴 때 뇌는
놀랍도록
잔인해진다.

모자라는
소금은
뼈를 파면
나온다!

탄수화물 따윈
없어도 돼.
근육을 쓰면
되니까.

어? 정말
그래도
괜찮겠어?

정말?

정말로?

무슨 일이 벌어지더라도
당신들만큼은
살려 놓겠습니다.

쾅

쾅

쾅

쾅

최후의
최후의
최후까지
….

지방만
남아있다면
어떡게든
재건할 수
있을 테니까.

이게 뇌의
사고방식.

그러니까
지랄할수록
지방은
안 빠져요.

오늘부터
제대로
처먹어요.

아아아

아아아

아 아 아

일주일 뒤 부장은 원래 몸무게로 돌아왔다.

그동안 난 뭘 한 거지 ….

게다가 그 위험한 다이어트를….

수지 씨에게 알려주려고까지 했어.

….

부장은 우리 몸이 아기 방의 모빌과 같다고 생각했다.

이거 너무 큰데?

뚝

가볍게 만들려면 균형을 맞춰가며 조금씩 빼야 한다.

귀찮다고 한 번에 크게 떼어내 버리면.

한쪽으로 기울어 버린다…!

!!!

흔들 흔들

그렇게 위험한 상태가 되고….

건강만 잃게 되는 거야….

부장은 오랜만에 헬스장에 갔다.

….

수지 씨. 언제나 정말 열심히 하네.

엇?

아직 한 달이 안 지났는데…. 오랜만이시군요.

살은 역시나 전혀 빠지지 않았군….

네….

으흠….

저기….

그동안 죄송했습니다.

이제부터는 말썽부리고 고집 피우지 않을 테니….

저도 바르게 운동할 수 있도록 두아주세요

부탁 드립니다.

그러지요.

대인배 네온비.

한편, 수지는 이날 샤워 후

ㄱㄱ.8

이라는 체중을 볼 수 있었다.

며칠 굶었다가 호되게 혼난 이후 곧바로 예전 식단으로 돌아왔고.

꾸준한 운동과 출퇴근 걷기가 가져다 준 값진 결과였다.

조금 흔들렸다고 징징대지 마!

다시 정신 차리면 되는 거야!

이대로 영영 돌아오지 않는 걸까.

그럴 리가 있나.

큰헬스장

큰헬스장

선생님이 있었다면…. 칭찬해 줬을 텐데….

이제 좀 가라, 가!!

더러운 침낭 진짜!!

뺘

크악!

5. 다이어트에 효과적인 운동은 걷기?

걷기는 좋은 운동이지만, 명백한 한계가 있습니다.

장년층은 부상 위험이나 운동 능력의 저하 등으로 중강도의 걷기가 가장 적합한 운동이라는 연구 결과가 있습니다. 그러나 10대 후반부터 40대 초반까지의 건강한 사람이라면 다소 강한 운동이 필요합니다. 운동을 전혀 안 하기보다는 걷기 운동이라도 하는 편이 낫지만, 조깅이나 더 강도가 센 유산소 운동에 비해 열량 소모가 낮습니다. 특히 심폐지구력 향상이 저조합니다.

팔 근육이 크려면 무거운 아령을 들어야 하듯이, 숨을 헉헉 쉬고 심장이 펑펑 뛰어야 심폐지구력이 향상됩니다. 걷기만으로는 숨이 차고 심장이 뛰도록 하기 어렵습니다. 또한 효율도 문제입니다. 빠르게 걷기와 조깅을 비교하면, 걷기는 30분에 100~130kcal, 달리기는 30분에 200~260kcal가 소모됩니다. 게다가 달리기의 경우는 심폐지구력도 향상시킵니다. 똑같은 시간 유산소 운동을 했는데, 걷기는 절반밖에 효과가 없고, 심폐지구력 역시 향상이 안 된다면 당연히 달리기를 선택해야 하는 겁니다.

하지만 달리기가 무조건 좋지만은 않습니다. 달리기는 걷기보다 관절에 3배의 부담이 가며, 몸무게가 무거워질수록 부상의 위험도 기하급수적으로 증가합니다. (그러나 3배의 부담도 신체는 충분히 부담할 수 있습니다. 몸은 아주 튼튼하게 만들어졌습니다.) 따라서 운동에 익숙해지고 초기 감량이 이루어지기 전까지는 실내 자전거나 수영같이 관절에 부담이 덜 가는 운동을 선택하세요. 다만, 실내 자전거는 초보자는 충분한 부하가 가해질 만큼 속도를 내기 어려울 수 있습니다. 〈다이어터 라이트 에디션〉 2권에서 힘든 자전거 운동을 강조하는 이유가 그 때문입니다.

*참고_유산소 운동의 시간당 소모 열량

	빠르게 걷기	달리기	실내 자전거(빠르게)	수영
여성(55kg)	231kcal	462kcal	318kcal	462kcal
남성(72kg)	302kcal	605kcal	416kcal	605kcal

내일 먹을
현미밥이랑⋯.

바나나⋯.
두유⋯.

선생님이
돌아왔을 때
부끄럽지 않도록
스스로
잘 챙겨먹자⋯!

폐허가 된 근육 마을에도
조금씩 생기가 돌기
시작했다.

아직
멀었어?

배고파~

빨리
먹고 싶다.

방금
다 됐어요!
딱 좋네요.

자, 한 분씩
오세요~

항상
고생이구만.

맛있겠다.

쩝쩝.

많이 드세요~

고,
고맙소….

아….

아버지…?

….

마을이 완전 폐허가 되어 버리니까 우리 집을 찾을 수가 없었어…!

한참을 널 찾아 헤맸다.

아버지…!

크흐흑.

흐흑.

푸파 파파

뭐야?

펄럭

펄럭

펄럭

태풍이 또 오는 건가?

아, 아냐….

헬기다!

헬기가 왔어!

웅 웅 웅

웅 웅

대……. 대장님…!
피하셔야 합니다.

허억

마침내
근육들이
봉기했습니다
….

허억

지방군들은….
너무 작아져서
상대가 안 됩니다….

더는 버틸 수가
없습니다 ….

이, 이게
무슨 소리야…!

지금이라도
빨리….

대피를….

셀룰라이트!

풀썩

이봐!!
정신 차려!

일어나라고!!

아아
아아

지방 대장!!
물러가라!!

빼꼼…

물러가라!!
물러가라!!

바로
저 놈이야!

지방 대장이다!
대장이 나왔어!

빨리 끌어내라!
끌어내!

우오오오

아아아!!

셀룰라이트!

셀룰라이트는 어디 있나!!

무슨 일이십니까, 대장님!!

....

....

악몽을 꾸었어....

요즘 이것저것 신경 쓰실 일이 많아서 그러셨을 겁니다. 너무 걱정하지 마세요.

대장님은 언제나 수지 나라에선 최고 아니십니까?

그래.... 그렇지.

근육이 갑자기 늘어날 리도 없고.

아직까진 괜찮아.... 난 최고야.... 최고라고....

너도 그렇게 생각하는 거지?

지방 대장은 요즘, 자기 자리를 언제라도 빼앗길지 모른다는 초조한 마음을 갖고 있었다. 지방 키우기에 주력하는 것도 이런 이유가 컸던 것이다.

괜한 걱정이십니다. 수지가 절식하고 운동하는 동안 근육들은 오히려 더욱 피폐해져서 거지가 됐어요. 보셨잖습니까?

그래, 맞아! 크흐흐흐.

이 우매하고 가난한 근육 놈들!!

거지꼴을 다시 보면 기분이 좋아질 것 같군.

짜짜

짜

잔

엇?!

아니?!!

이, 이게 어떻게 된 일이야?

큭.... 수지가 다시 정신 차리고 제대로 먹기 시작했나 봅니다.

대장님...?

괜찮아... 아직은 걱정할 필요 없어.

신수지는 그렇게 의지가 강한 놈이 아니야....

담당자 불러와!

손님…. 그 이자는 한 달 후에 찾으셔야 드릴 수 있는 거예요. 지금은 적용이….

아니, 내 돈 내가 찾겠다는데! 몇 년을 넣었는데!

하지만, 가입 약관을 보면….

완전 진상이다….

됐고!

여기 담당 불러와.

어휴….

아가씨 진짜 왜 이렇게 융통성이 없어?

덩치가 그러니까 일 처리도 답답한 거야!

….

허겁

지겁

제가 담당입니다. 일단 죄송합니다. 고객님.

저랑 이야기하시죠. 이쪽으로….

굽신

굽신

수지 씨….

내돈 줫소!

내돈

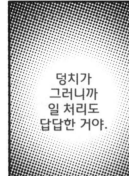

덩치가
그러니까
일 처리도
답답한 거야.

15kg 가까이
뺐는데도
그런 말을
들었다.

이렇게
노력하고
있는데…!

일 처리와
내 몸은
상관없잖아….

왜
그런 말을
하는 건가요
…?

왜 뚱뚱하면
그런 얘기를
아무렇지도 않게
동료 앞에서
들어야 하나요…?

여기
비빔밥
세 개요!

수지 씨.
아깐 괜찮아?

응.
괜찮아요.

좋~아!
괜찮아!

신수지!
힘내자!

예.

진짜 말
막 하더라~.

그런
사람들은
평생 그렇게
산다니까.

!

아 참. 현미밥 싸왔지.

밥은 빼달라고 하자.

저기요. 저는….

!

응. 아가씨는 곱빼기로 줘요?

아…. 아뇨…. 밥은 빼주세요.

현미밥 싸와서….

나 이 집 처음인데…?

곱빼기는 왜 물어보는 거지?

호호

하하하

나 너무 예민한가?

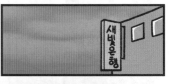

새빛은행

….

곱빼기로 줄까?

아줌마 나름의 친절과 배려였을 것이다.

내 덩치 때문에….

내가 많이 먹을 것 같으니까….

하지만….

주문하신 백반 2인분입니다.

아. 잠깐만요.

백반집

오늘은 백반이 당기는군요.

그렇군요.

어?

무, 무슨 짓이에요!

이렇게 먹어야 공평하지요.

하 하 하 하

그런 느낌과….

비슷하단 말이야….

살을 많이 뺐어도 여전히 나보다 뚱뚱한 사람을 찾기 힘들다.

왜….

왜 이렇게 요즘은 다 날씬한 거야?

Foxy ♡

왜 마네킹이 입은 옷은 이렇게도 작은 거야…?

다이어트를 강요하는 미디어와 문화와 사람들.

살찐 사람을 평범하지 않게 대하는 사회.

그런 사회에서 수지는 더욱 외로움을 느꼈다.

지친다….

신나게 맛있는 것 먹고
…

밀린 드라마 보면서 기분 전환하고 싶어.

하지만, 이럴 때일수록 정신 차려야 한다.

선생님도 없는데 혼자서 잘 해내야 해….

자칫하다간 폭식할 수도 있어.

그런데 정말 운동은 가고 싶지 않아.

도저히 운동할 기분이 아니야….

…일단 밥부터 먹으면서 생각해 보자.

단지 배가 고파서 힘이 안 나는 걸지도 모르니까….

채소

과일

두부

달칵 달칵 달칵

지겨워….

도대체 언제까지 이런 생활을 지속해야 하는 걸까.

오늘은 운동 쉬자. 쉬고 싶어.

어제 열심히 했으니까 오늘은 쉴래 ….

이 날 수지는 오랜만에 머리를 비우고 푹 쉬었다.

시간이 지날수록 우울했던 마음도 많이 진정되어 갔다.

운동 안 가고 쉬니까 정말 좋다.

이렇게 여유기 생기네.

오늘은 쉬길 정말 잘했어.

하지만…

오늘까지만 이렇게 쉬고…

내일부터 다시 열심히 하자!

<내일부터> 라는 말은 그 말처럼 반반하시가 않은 것이다.

그리 상쾌하지 않은 아침이 시작됐다.

......

비가 오니까 회사까지 걸어가긴 힘들겠군.

지하철을 타야겠어.

대신 오늘 저녁엔 꼭 헬스장 가자. 어제 푹 쉬었으니까!

아자!

하지만

그 결심은

조금씩 흐려져간다.

으.... 운동가야 하는데....

비가 그치질 않네....

나가기 싫어....

으으....

파전…. 해물 넣은 파전….

먹고 싶다….

먹을까…!

두부구이와 탄산수로 타협.

얌
얌
얌

이것만 먹고 운동가자…….

이것만 보고 배가 꺼지면 운동가자…….

하 하 하

주룩
주룩
주룩
톡 톡 톡
싸아아아ー

빗소리 기분 좋다…….

오늘까지만 쉴까…….

…비도 오는데 그냥 집에 있자.

이틀 정도는 푹 쉬어도 돼.

내일은 꼭 가자…….!

하지만

오늘은 꼭 가자!

회사 갔다 와서 꼭 가자!

내일이라고 달라지는 건 없다.

꼭…….

꼭…….

꼭…….

아… 왜 이렇게 나가기가 싫지??

오늘은 꼭!!! 가야 되는데…!!

으으으

가기로 했는데…!

가기 싫어…. 쉬고 싶어…. 피곤해….

몸이 천근만근이야…!

너 바보냐? 돈 냈잖아?

헬스장이 코 앞인데 안 간다구?

철썩

철썩

철썩

아…

너 부자냐?

하지만…. 난 알고 있다.

꾸물 꾸물 꾸물

이렇게 집에서 밍기적거려봤자 해결되는 일이 아니라는 걸.

부자는 아닌데….

가기 싫어요…!

이틀 쉰 건 후회하지 않아. 선생님이 그 정도는 괜찮다고 하셨어.

하지만, 오늘까지 안 가면 삼 일째야….

…이틀 쉰 걸로는 부족했나….

그냥 오늘까지 쉬어버릴까…?

아니야! 아니야!

오늘은 나가야 해!

나에게 관대해지는 순간 다이어트는 망하는 거다!

이번 주는 아직 한 번밖에 나가지 못했다….

月 火 水 木 金 土 日
오늘

하지만, 오늘부터 매일 나간다면 일주일에 5일 운동할 수 있어.

좋아…! 아직 계획은 유효해. 저 시계가 7시 반이 되면 딱 준비해서 나가는 거야!

그냥 지금 일어날 생각은 안 한다.

째깍
째깍

째깍
째깍

….

째깍
째깍

일주일에 4일만 나갈까….

아니, 그보다 굳이 5일에 집착할 이유가 없잖아?

정부에서도 주 3회 운동을 권장하고 있고.

오늘까지 쉬어도 4번이나 나갈 수 있잖아.

쉬자.

정말 이상한 현상이다.

사실은 수지도 알고 있다.

시간이 지날수록 다시 가기 힘들어 진다는 걸.

그러나 어찌 된 영문인지

당장 빠져나올 생각을 안 한다.

....

대장님! 대장님! 수지가 운동을 4일이나 안 갔답니다! 4일!

내일이면 5일째란 말이지요~!

오옷? 이거 이거 잘하면...? 으응?

으으응? 예전처럼 될 수 있겠어?

으응?

제가 말씀드리지 않았습니까.

인간이란 그렇게 쉽게 예전 습관을 바꿀 수가 없는 법이지요. 후후후.

퍽

전등이 나갔네요.

그러게 ...?

뭐.... 별일 없으니 그냥 둘까?

그럴까요 ...?

근육은 한 번 만들면 끝이 아니다.

사용하지 않으면 조금씩 조금씩 약해진다.

물론 하루 이틀 정도 운동 빠졌다고 해서 큰일 나진 않지만

문제는 점점 나태해지고 흐트러지는 마음가짐이다….

그렇게 5일을 내리 쉬고 있는 수지.

괴롭다.

버둥

버둥

가야 되는데 ….

가야 되는데 ….

가야 되는데 ….

답답하다.

지금 당장에라도 운동을 가면
모두 해결될 것을…!

'운동가야 되는데….'

'많이 먹었어요. 어떡하죠?'

'운동하기 싫은데 어떡하죠?'

왜 하는 거지? 이 말을?

어떡하긴 뭘 어떡해. 많이 먹었으면 살이 찔 것이고 운동하기 싫으면 운동을 못하겠지.

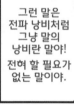

그런 말은 전파 낭비처럼 그냥 말의 낭비란 말야! 전혀 할 필요가 없는 말이야.

'가야 하는데….' 이 말을 할 때 넌 이미 가는 게 맞다는 걸 알지만 가기 싫다는 거잖아. 근데 나보고 뭘 어쩌라는 거야.

어차피 운동하는 건 내가 아니라 너야!

'가야 하는데' 가 아니라 '가자!!'

'해야 하는데' 가 아니라 '하자!!'

그런 식으로 말하란 말야 이 돼지야!

선생님….

112

이것은
한 인간에게
있어서는
아주 작은
발걸음일
뿐이지만

수지나라에겐
거대한
도약이다.

으아아아아아아아아아!!!

후아~.

날아갈 것 같아…!

뿔짝 뿔짝

역시 사람은 운동을 해야지!

그 동안 왜 안왔을까?

완전 개운해!

이럴 땐 조금 우쭐해져도 된다.

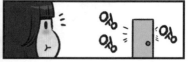

으쌰 으쌰

?

덜컹

영차

선생님…!

…….

이유야 어쨌든 기뻤다.

선스….

역시 신수지네 세탁기가 최고야!

….

빨래하러 온 건가…!

큭….

크흑….

울먹 울먹

꼬옥 꼭

?

집에서 처놀고 있으면 밥이라도 하란 말이야!

보충제 몰래 덜어 먹지 말고!

이 더러운 침낭!

좀 빨아!

철썩

철썩 철썩

이런 데서 자면 죽어! 병난다!!

…!!

아….

이 자식은 안 보이면 궁금한데 있으면 왜 이리 밉상이지?!

냉장고 열지 마!

밤에 뭘 자꾸 처먹으려고 그래!

빠져나가는 냉기만도 못한 녀석아!

복수할
거야….

복수할
거야….

….

킁킁..

?

젠장…!
관장네 집에서
옷을 빨았어야
했는데….

너무
냄새 나네.
어떡하지?

급한 대로
신수지
옷장이라도
뒤져서 뭐라도
갈아입어야겠다.

이런 모습은
쪽팔리니까….

….

….

저….

뭐야.
언제부터
있었어.
운동 갔다
온 거야?

아, 예….
선생님.
정말
오랜만
….

그동안….
어디에서
어떻게….

헬스장엔
안 계시던데….

117

나를 오라고 하는 데는 널렸다고!

내가 헬스장밖에 갈 데 없는 사람인 줄 알아?

그런 사람이다.

그동안 식단이랑 운동은 잘 지켰냐?

버둥 버둥

무.... 물론이죠!

이것 봐요! 이것 봐요.

방금도 운동을 갔다 왔다고요.

사람은 역시 운동을 해야 해!

하하!

....

잘했어.

쓰담 쓰담

바람직한 샘플이야.

그런데 아까 내 얘긴 다 들었겠지?

네?

뭘 가만히 서 있어?

네?

꼬박꼬박 잘도 썼네….

작년에 받은 우수고객 증정 티셔츠.

운동 뭐 했는지도 다 적었어요. 여기.

밀린 관찰 일기 쓰려면 시간이 좀 걸리겠군….

찬희는 그동안 네온비 관장의 눈치를 보면서도 하고 싶은 건 다 하고 살았다.

이제 그만 좀 가라!

이건 또 무슨 사치야!

수지 씨 운동은 계속 나한테만 맡길 거냐!

벌컥

어련히 알아서 갈까봐… 정말…

....

성큼

성큼

!!

풍덩

뽁

트레이너가 되겠다는 꿈은 역시 꿈일 뿐이었군.

그만 포기해. 넌 그정도 그릇밖에 안 되는 놈이야.

꾸룩 꾸르륵 꾸룩! 우르르!!

찬희가 점점 나태해지는 건 사실이었다.

이제 슬슬 가려고 했어요!

아까운 물만 다 빠졌네!

신수지 씨가 5일째 운동을 안 나오고 있다.

이대로 내버려둬도 상관없어?

사기 치고 살을 빼주기로 했으면 돈을 갚든지 끝까지 약속을 지켜야지!

철썩

철썩

철썩

이 쓰레기 같은 놈아!!

화가 나서 뛰쳐나오더라도 그 뒷일에 대한 수습은 해야 할 거 아니야!

이 거품이 아까운 놈아!

아…. 귀찮은 신수지…!

하지만, 네온비 관장님 말씀이 옳아….

수지는 나한텐 없어선 안 될 녀석이지.

이런저런 불순한 이유로 다시 돌아오게 된 찬희.

저…. 선생님.

?

미안했어요…. 지난번에는.

말 안 듣고 굶어서….

그래서 그날 이후부터는 잘 챙겨 먹었어요.

가끔 어쩌다 간식 간단하게 먹긴 했지만.

선생님 없다고 폭식도 안 했고 ….

어…. 잘했고.

잠깐 너 일어서 봐.

예?

못 본 사이 살이 좀 빠진 것 같은데?

저…. 정말요?

이중턱이 거의 없어졌고 ….

전체적으로 뭔가 예전보다 작아진 느낌이 나는군.

아, 이목구비도 더 커졌네.

운동을 5일이나 쉬었는데요??

뭐라고?

아! 아니다…. 조…. 조금 쉬었어요! 조금…….

그래, 그래. 다시 나갔으면 됐지.

같은 시각.

그럼 일주일에 두 번. 꼭 오셔야 합니다?

부장과 네온비 관장의 PT계약이 성사되었다.

네. 잘 부탁 드립니다.

관장님만 믿겠어요.

그때까지만 해도 부장은 세상을 다 가진 듯했다.

적어도 1주일에 8시간은 운동하자…!

관장이니까 그 양아치보다 실력이 월등하겠지!

좋아…!

난 이제부터 다시 태어나는 거야!

122

6. 근육 성장의 원리, 휴식의 중요성

근육이 성장하는 메커니즘에 대해서는 여러 학설이 있습니다만, 최근 널리 인정되는 설을 간략하게 정리하겠습니다. 근육은 근섬유로 이루어집니다. 가는 실과 같은 근섬유가 여러 다발이 모여 근육을 이루는 것이죠. 운동을 하면 근섬유가 일부 파괴되고, 파괴된 근섬유가 회복하면서 새살이 돋는 것처럼 근육이 성장합니다.

만약 휴식을 취하지 않고 운동을 계속할 땐 근육이 회복될 수 없습니다. 피부에 난 딱지를 자꾸 건드리고 가만 안 놔두면 상처가 도지는 것과 마찬가지입니다. 첫날은 하체, 둘째 날은 쉬고, 셋째 날은 상체, 이런 식으로 루틴을 짜는 것은 근육이 충분히 쉴 시간을 주기 위해서입니다. 특정 근육운동을 한 후 다음 운동까지는 72시간 정도 충분한 휴식을 취해주는 것이 정석입니다. 이러한 원칙은 근육운동뿐만 아니라 심폐지구력이나 기타 체력 요소들을 기르는 데에도 똑같이 적용됩니다.

그렇다고 휴식이 지나치면 근육 성장이 더뎌지며, 일주일이 넘어가면 운동 효과가 현저하게 떨어집니다. 이 점을 고려했을 때 일주일 3회의 운동 프로그램이 권장됩니다. 또한 여기서 말하는 휴식은 단지 운동을 안 하는 기간을 뜻함이 아닙니다. 하루 8시간 이상의 충분한 수면, 적절한 영양 섭취, 스트레스를 줄이는 노력이 필요합니다. 완벽히 지킬 수는 없어도 가능한 범위에서 규칙적인 생활을 하세요.

화창한 주말 아침.

째적 째적…

째적

선생님이 돌아왔어…!

으으으으….

뚜둑

뚝

으응

뭐하세요, 아침부터?

뒤적 뒤적

아니… 왜 이렇게 냉장고가 텅텅 빈 거야?

그야… 선생님이 가출 하시기 전에 사 놓았던 걸 마침 어제 다 먹었거든요.

뭐? 그동안 냉장고 안에 있는 것들만 먹은 거야? 채소는 좀 오래됐을 텐데?

토마토는 제법 오래 놔둬도 괜찮던데요…. 막판엔 그것만 먹고…. 그것도 다 떨어지면 생양파 까먹고….

양파가 다이어트에 좋대요.

이 자식. 비위도 좋네.

찬장 역시 텅텅 비었다.

….

어이구, 이 등신아! 장을 봐야지!

현미도 다 떨어졌잖아. 내가 어제 안 돌아왔으면 오늘부턴 뭐 먹을래?

….

신나게 배달음식 시켜 먹고 또 90kg 될래?

순정 만화 버전

아이참…. 수지 넌 정말 나 아니면 안 돼.

어쩔 수 없다니까.

오호호호.

대형마트가 코앞에 있으면서 왜 장을 안 봐! 헬스장 갔다 오면 끝이야?

이불 속에 누워서 티비만 보고 있지 말고 좀 움직여!

철썩

철썩 철썩

현실

아….

좀 움직이란 말야!!

시간이 정말 없었단 말이에요!!

전 회사 다니고 돈 벌잖아요!!!

뭐…??!!

내가 그까짓 돈…!!

125

…을 안 벌지. 미안….

제가 카트 끌게요.

돌돌돌….

카트 끄는 것도 살 빠진대요.

그러고 보니 그동안 바쁘다는 핑계로 선생님한테 전부 맡겨두기만 했네.

미안하다….

오늘은 선생님의 장 보는 습관을 보고 배우자…!

꼭! 다이어트에 필요한 것만 사자!

다른 건 눈길도 주지 말자!

할 수 있어! 내 의지를 믿어 보는 거다!!!

저쪽에 빵이 세일이에요.

어.

애매하게 단호한 의지.

깨찰빵이 세일입니다!

맛보고 가세요~.

먹으면 혼나겠지?

100%, 100% 혼나겠지…??

와. 맛있다~.

?!

얌냠

너무해요!
나는 못 먹는데!

먹어.

혼낼
거잖아요!

카트 끌고
돌아다니는데 뭐.

이거 한 조각
먹는다고 크게 뭐
어떻게 안돼.

참았다가 나중에
생각나고 생각나서
폭식하지 말고.

이걸로
예방하는
거야.

자

나에게
예방주사를
줬어….

상냥해….

냠

냠

채소

물론 예방주사니까
과하게 맞으면 안 된다.

이제
무슨 맛인지
알았으니
안 먹어도
돼요~.

봐, 이 양상추들이
다 똑같아 보여도
무게가 달라.

흔들
흔들

그러네요…

같은 가격이면
무거운 걸로
고르도록 해.

양배추는
한 통짜리로
살까요?

삶으면 금방
먹잖아요.
양배추 쌈
먹고 싶어요.

한 통
다 먹으려면
오래 걸릴
텐데….

뭐, 그럼
그렇게 하자.

어차피
니 돈이니까.

두리번

두리번

토마토와
치커리도
사야겠군.

세일 코너의
떨이 채소는
다 나갔네.

4.900
토마토

고구마는 슬슬
질릴 테니
단호박을 먹자.

자, 카트에
담아.

으악

떡

뭐야…!
신수지
어디 갔어!

선생님!

헤헤.

저건 다 뭐냐….

장 빨리 보려고….
저쪽 코너에서 다이어트에
좋은 것들만 골라 왔어요.

근데 이
깨진 호박은
뭐예요?

응.
니가 물어낼
거야.

네?

어디 보자….

현미 쌀….

생수….
바나나….

저지방
우유.

곤약 국수
…?

무슨 맛일지
너무 궁금
해서….

그데 이것들은
뭐하러 산 거야?
이 밑에 거.

카푸치노 두 개는
왜 샀어?

선생님이랑
같이 먹으려고

나랑 먹으려고
샀다는 개드립은
하지 마라.

….

야근할 때
잠 오면 마실 수도
있잖아요.

그때 사러
나가는 게
귀찮으면
그건 니가
먹을 게
아닌 거야.

그럼 꼭
마셔야 할 때
그때 사 먹어.

129

니가 앞으로 군것질할 걸 지레짐작해서 사지 말란 말이야.

당장 먹을 거, 필요한 것만 사라구.

하지만 1+1인데….

바보야 1+1은 한 개 공짜가 아니야.

니가 별로 필요 없는 거 두 개를 사는 거야. 이거 안 먹으면 죽어?

힝.

잔소리!

하지만 이건 다이어트용 시리얼인데요.

체중조절용 Cereal S

탤런트 고미인이 선전하는 거예요.

살 빠지는 물은 감량전쟁에서 출연자들이 마셨던 거고 ….

Slim Water

그 사람들이 이거 먹고 살 뺐을까?

그 사람들이 광고주에게 "이거 먹어보고 진짜 살이 빠지나 안 빠지나 확인해 본 다음 광고 찍을게요" 라고 했을까?

니가 지금 손에 들고 있는 건 그냥 과자야, 과자!

그냥 과자도 한 끼에 그만큼씩 먹으면 살 빠진다.

….

1회 제공량 30g.

다이어트는 정말 마법의 주문 같군.

식품 앞에 붙어 있으면 홀린 듯이 사니까 말이야.

찬희는 깨진 호박도 다이어트를 붙이면 잘 팔릴 것 같다고 생각했다.

나처럼요?

그래.

건강식품들로
채워져 가는
수지의 카트.

10분 만에
장보기가
끝났다.

적립 카드
있으세요?

네.
여기….

!
음료

와. 싸당~
사야지.

아, 좀
하지마!
하지마!
하지마!

철썩
철썩
철썩

이 호구
소비자
같은 놈아!

흐어엉!
이거
비타민이
들었대요.

비겁하게
비타민 타령
하지마.

비타민
음료

그리고 집에 아직
비타민제도
남아 있잖아?

예….

아무 생각 없이
카트에 넣지 마.
니 입이라도
그럴 거야?

Coffee
well
DIET
SPECIAL

비타민
음료

콰
콰
콰

제기랄!
못 사는 게
왜 이렇게
많아요!

그러니까
필요없는 건
쳐다보지도 마.

의지력은
여기저기
시험하는 게
아니야.

갖고만
있는 기지.

HomeMart

맛있는 걸 잔뜩
구경만 하고 나온
수지는 화가 났다.

에잇!

마트 엄청
크면서
못 사는 것들만
잔뜩 팔고 있어!

에잇!

에잇!

나한테
화를 못내니
마트한테
그러지 마라.

뚱뚱한
수지야.

크윽···

자, 넌
그거나 들고
따라와.

어···. 선생님께
훨씬 큰데···.

영차.

게다가
두 개나···.

저···.
성질 내서
미안해요.

큰 거 하나
주세요.
같이 들든가
···.

됐어, 이 자식!
허세 부리지 마!
내가 이 정도도
못 들까봐!

자기는 큰 걸 두 개나 들면서
나에겐 작은 봉지를 줬어···.

상냥해.

7. 영양보조제에 대해서

실제 있었던 일입니다. 웹툰 작가 A씨는 매일 마감에 쫓기지만, 운동도 열심히 하고 건강 관리도 잘하는 사람입니다. 어느 날 일을 하던 중, 잠깐 졸린 것처럼 머리가 띵한 기분을 느꼈다고 합니다. 처음에는 과로 때문이라고 생각했지만, 며칠이 지나도 증상이 사라지지 않더랍니다. A씨는 걱정되는 마음에 병원에 가서 피검사를 했습니다.

결과는 비타민D 결핍으로 인한 어지러움이었습니다. 의사는 직업상 햇볕을 쬐지 않아 나타난 것으로 보인다며, 비타민D를 처방해주었다고 합니다. 즉시 비타민D를 먹고 산책을 통해 의식적으로 햇볕을 쬐니 증상이 사라졌습니다.

이 일화의 교훈은 비슷한 증상을 겪고 있다면 건강한 사람도 먼저 병원에 가야 한다는 것입니다. 결핍된 성분이 있다면 처방을 받고, 없다면 아무것도 먹지 않아도 됩니다. 심지어 A씨가 먹은 비타민D는 처방약으로 보험이 적용되어 매우 저렴합니다.

검증된 기관을 통해 유통되기 때문에 건강보조영양제보다 질도 높습니다. 몸에 무슨 문제가 있는지 알지 못한 채 아무 영양제나 먹는 것이 올바른 일이 아니란 이야기를 하고 싶습니다.

대부분의 의사나 의학 저널의 연구자들은 영양보조제의 효과를 부정합니다. 심지어 영양보조제를 잘 챙겨 먹는 사람도 영양보조제의 효과가 미미하다는 이야기를 한 번 정도는 들었을 것입니다. 그럼에도 건강염려증 때문에 챙겨 먹는 것이지요.

최근 영양보조제로 각광받던 크릴 오일이 건강에 효과가 좋은지에 대해 논란이 많습니다. 크릴 오일 사태를 통해 알 수 있는 중요한 진실은 업체가 부풀려 놓은 과장 광고, 특히 온라인을 통해 쉽게 볼 수 있는 광고에 현혹되지 말자는 것입니다.

그간 크릴 오일의 높은 가격에도 불구하고 인기였던 이유는 오메가3와 효능이 같은 성분인데, 더 효과가 좋고 안전하다고 알려졌기 때문입니다. 하지만, 크릴 오일이 건강에 좋다는 확실한 증거는 없다고 합니다.

새우와 비슷한 생물인 크릴은 바다 생명체들의 주요 먹이입니다. 그런데 크릴 오일이 유행하면서 남획이 이루어지고, 바다 생명체들이 굶주리는 현상이 이뤄지고 있다고 하지요. 이득이 없는 상품을 만들기 위해 이런 기묘한 일이 벌어지고 있는 셈입니다.

통계에 따르면 대부분의 한국 남성은 40대에 들어서면 신장결석이 급증하는 현상이 일어난다고 합니다. 우습게도 비타민 영양제 과용이 결석 형성의 원인이고요. 내 돈 들여 영양제를 사 먹고 병에 걸릴 필요는 없습니다.

영양보조제 복용을 고려하고 있다거나, 컨디션이 예전 같지 않다고 여겨진다면 먼저 병원에 가시기 바랍니다. 피검사를 통해 영양 부족은 물론 수십 가지 질병 여부도 알 수 있습니다. 영양보조제 섭취에 대한 결정은 검사 결과에 따라 먹어도 늦지 않습니다.

8. 근육 운동은 어떻게 해야 효율적인가요?

유산소 운동으로 심폐지구력이 어느 정도 향상되었으면 근지구력, 근력을 향상시켜야 합니다.
여기를 담당하는 부분이 근력운동입니다. 체지방이 많은 독자라면 아직 먼 이야기이지만, 체지방이
적은 분은 이런 질문을 할 수도 있을 겁니다.

"빨래판 같은 멋진 복근만 갖고 싶어요."
"가슴만 예쁘게 하고 싶어요."

안타깝지만 이는 매우 어려운 일입니다. 불가능하진 않아도 균형 잡힌 운동을 하는 것보다
어렵습니다. 만약 특정 근육만 단련한다면 어떤 일이 일어날까요? 근육을 성장시키는 데에는
특정한 호르몬이 필요합니다. 호르몬을 생산하는 곳은 두뇌이고요. 이해가 쉽도록 근육을 '방'으로,
호르몬은 난방을 위해 필요한 '등유'라고 가정하겠습니다. 만약 '어깨 방'에 난방을 하고 싶어서 이곳만
운동했다고 합시다. '어깨 방'은 몸 전체를 놓고 보면 면적이 작아요. 그러면 두뇌는 "어깨에만 난방을
하고 싶다고? 그럼 등유 1리터를 넣어주마"라며 딱 적은 양의 호르몬만 분비합니다.

이번에는 큰 근육에 속하는 '허벅지 방'을 운동했습니다. 두뇌는 "허벅지는 면적이 크지.
등유 20리터다!"라면서 막대한 양의 호르몬을 분비합니다. 양적으로 비교가 안 되기 때문에
'허벅지 방'이 후끈후끈하게 달궈지면 그 열기가 다른 작은 방들에도 영향을 미쳐 같이 후끈후끈
달궈지는 것입니다. 물론 운동을 안 한 '방'은 난방 밸브를 잠근 것이나 마찬가지이므로 효과가
작습니다. 이러한 원리 때문에 체계적인 운동을 해야 합니다. 큰 근육 운동에서 작은 근육 운동
순서를 해야 한다느니, 2분할이니, 3분할이니 하는 정론들이 있는 것이고요.

물론 운동 초보라면 아직은 먼 이야기이고, 무슨 말하는지 모르겠다는 분도 있을 겁니다.
그러나 운동법에 대한 앎이 늘어날수록 효율적으로 운동할 수 있습니다. 아무것도 모르고 덮어놓고
운동하다보면 거지꼴… 아니, 초보를 못 면합니다. 인스타그램 인플루언서 같은 몸매를 만들려면
운동법에 대한 깊은 이해가 없이는 불가능합니다.

그 정도 목표가 아니더라도 더 효과적으로 운동할 방법이 있다면 거부할 이유가 없잖아요?
많이 알아둡시다. 더 잘 됩니다.

다이어트와 마찬가지로 근육운동에도 정체기가 있는데, 이는 근육들이 이러한 원리로 동시에
성장하기 때문입니다. 그 때문에 정체기가 오면 아직 덜 성장한 근육들을 단련하고, 운동 프로그램을
바꿔야 합니다. 그러니까 한 가지 근육에만 집착하지 말고, 순서대로 운동하시기를 바랍니다.
지름길보다 돌아가는 길이 오히려 빠르다는 점을 잊지 마세요.

9. 운동 후 대사 효과

운동 후 꽤 오랜 시간이 지나도 열이 가시지 않고, 땀이 나는 경험을 해보셨을 겁니다. 이런 현상이
일어나는 것은 계속 운동을 지속하기 위해 일종의 대기 상태에 돌입하는 것으로 추측됩니다.
이는 몇만 년 전 인간이 들판에서 사냥을 하고, 맹수들에게 쫓겨 다니는 시절에서 비롯되었을 겁니다.
몸이 원활하게 움직이려면 체온이 일정한 온도 이상이 되어야 합니다.
1초라도 더 빨리 뛰어야 위험 상황에서 벗어날 수 있습니다. 두뇌는 "또 언제 호랑이가 쫓아올지도
모르니 몸을 덥혀 놔야겠어"라는 식으로 운동을 한 후에는 신진대사를 활발하게 유지하며 체온을
높입니다. 또 근육 성장을 위해서는 추가로 필요한 열량이 커지기도 하고요.

그렇지만 이런 현상으로 늘어나는 소비 열량이 크진 않습니다. 시간당 추가되는 소비 열량이
30kcal 정도로 몇 시간 지속합니다. 그다지 많은 양이 아니죠. 하지만 〈다이어터 라이트 에디션〉
1권에서 설명한 대로 다이어트 때문에 식이 조절을 하는 사람의 기초대사량은 많이 저하됩니다.
이런 사람에게는 운동 후 대사 효과로 커지는 소비 열량이 상대적으로 크다고 합니다. 따라서
다이어터에게는 꾸준한 운동이 절대적으로 필요한 것이지요.

오늘은 부장의
첫 PT 날.

부장은 엄청난
각오로 헬스장을
향하고 있었다.

쿵
쿵
쿵
쿵

좋아…!
나도
관장처럼
멋지게
되는 거야!

어떤 가혹한
훈련도
견딜 각오가
되어 있다!

오오…

힘들겠다

부장은 다이어트
관련 프로그램에서
혹독한 훈련을 받던
장면들을 떠올렸다.

그리고 매일, 꾸준히….
일주일에 최소 8시간의
운동을 하는 거야.

아자…!

의욕 충만
100%

큰헬스장

月 火 水 木 金 土 日
PT   PT
1시간 1시간 1시간 1시간 1시간 1시간 1시간
     30분   30분

그렇게만 하면
몸짱이 되는 것도
시간 문제야!

아.
오셨군요.
시작
할까요?

네!

하지만, 부장의
기대와는 달리….

싱거운
인바디.

93kg….
지방이
많네요.

….

열심히 하시면
됩니다.

싱거운
워밍업.

좋습니다.
집중하세요.

….

싱거운
스트레칭과
근력운동.

꾸ㅡ욱

….

유연성이
부족하군요.

그리고
유산소….

오늘은 6.5로
30분 걷고
끝내시면 됩니다.

부장은 왠지
짜게 식는
느낌이 들었다.

저어….
오늘은 이게
끝입니까?

네.

아니….
생각보다
힘들지 않아서
….

처음이시고
기초 체력을
기르시는 게
중요하니까요.

서서히
적응하시면서
운동에 재미를
붙이셔야
회원님 것이
됩니다.

….!

그렇군! 첫날이라 그런 거군!

역시 베테랑은 뭔가 달라!!

난 당신을 정말 신뢰합니다!

부장은 오랜만에 상쾌한 기분을 느끼며 잠자리에 들었다.

다음날.

힘세고 강한 아침!

벌떡

곧 살이 빠질 거라 상상하며 행복해 하는 헛된 망상입니다. 너무 자주 나온 패턴이라 생략합니다.

숙면.

오오오! 어쩐지 상쾌해! 이것이 PT의 힘인가!

PT! 역시 PT가 최고야! 네온비 관장님. 앞으로 열심히 할게요!

그냥 잠을 잘 자서 그렇다.

PT 도중에는 체중을 자주 재지 마세요.

조바심만 나니까요.

흥!

오오옷!

체중이 내려갔다!?

역시, 역시 네온비 관장 최고야!!

체중계 숫자가 줄어든 이유가 수분인지 똥인지 오차 범위인지 알 수 없었지만

부장은 PT 덕분에 살이 빠진 거라고 굳게 확신했다.

건배!

짱

여기 고기 추가요!

술도요.

예, 예.

부장님 살 빼신다더니....

이렇게 많이 드셔도 괜찮나요?

괜찮아! 정석으로 살을 빼고 있거든.

요즘은 PT를 받고 있다고.

살이 빠지더란 말이야.

쩌-억

수지 씨도 고기 잘 먹잖아.

굶어서 빼는 건 바보짓이야. 그렇지?

우적   우적

네....

굶으면 안 된다고 했지,

아무도 많이 먹으라고 하지 않았다.

고기 나왔습니다.

아. 제가, 제기 구울게용!

운동을 아무리
열심히 해도,
결국, 식이가
뒷받침되지
않으면
다이어트는
실패하는 거야.

그러니
회식 때는
스스로
현명하게
대처해라.

싹둑
싹둑

수지 씨.
참 착해.

막내
놔두고.

취이이이

고기를 태우지 않는데
온 정신을 집중하는 거다…!

물이 떨어졌네!
갖고 올게요!

그리고
많이
움직이자!

그러고도 남는 시간에
이야기를 나누며 천천히
먹는 거야…. 분위기 깨지 않게.

아무도 내가 고기를 몇 점이나
먹는지 지켜보지 않으니까.

힐끔

힐끔

수지 씨도 잘
먹고 있군.

역시 난
틀리지
않았어….

봐도
모른다.

고깃집

휴~ 다행이다.
과식하지 않았어.

으악!
배불러
죽겠네!

소화제!
소화제!

부장님.
괜찮으세요!?

PT는
무적이 아니다.

144

끄으으….
수지 씨랑
똑같이
먹었는데
왜 나만 배가
터질 것 같지
…?

오늘은
가볍게 먹고
운동까지
갔다 오려고
했는데….

못 갔다.

주말이니
쉬고 내일부터
열심히 하자.

다음날도
못 갔다.

그렇게 PT 받는
날까지 3일을
내리 쉰 부장.

큰헬스장

괜찮아!
오늘부터
빡세게
하자!

배가 더
나온 것 같아….

으흐흑

자, 다 탔으면
여기로 오세요.

오늘은
하체 운동의 꽃
스쿼트를 배우…

자,
잠깐!

?

난 지금 다리보다도
뱃살이 급하단 말입니다.

꼭 뱃살부터
빼주시면
좋겠습니다.

복부 운동만
많이 시켜주세요.
그럼 뱃살이
잘 빠지겠죠?

출렁 출렁

…많은 분이
팔 운동 하면
팔이 가늘어지고,
복부 운동을 하면
뱃살이 빠질 거로
생각하지만

지방을 그렇게
원하는 부분부터
뺄 순 없어요.

네? 그럼 어디부터
무슨 순서로 얼마큼
빠지는 겁니까!

수치를
제공해
주세요!

현직
은행원의
사고방식.

빠지는 순서는
랜덤입니다.

145

같은 운동을 해도 지방이 빠지는 곳은 사람마다 달라요. 살찔 때 원하는 부위를 골라 찔 수 없듯이.

원하는 곳을 골라 뺄 수 없단 말입니다.

단적인 예로…. 살이 빠지면 가장 먼저 티가 나는 데가 어딥니까?

어… 얼굴?

무염식으로 잠시 살을 뺐을 때의 얼굴.

맞아요.

하지만, 얼굴 살을 빼려고 얼굴 운동하는 사람은 없죠.

아요 아요 우어

아아…. 그렇군요! 역시 관장님!

그리고 전에 보니까 아령 들고 런닝머신 하시던데 그러지 마세요. 관절에 무리가 가니까요.

발은 편한 신발 신어 놓고 왜 손은 힘들게 만듭니까.

지당하신 말씀입니다.

난 당신을 정말 신뢰 합니다!

신뢰
합니다.

신뢰….

….

관장
이 자식!

아니….
이렇게
해서 살이
빠지겠어요?

하는 김에
두세 시간은
했으면
하는데….

안 그래도
일주일에
두 번밖에
PT를
안 받는데
….

<감량전쟁>이나
<돼지탈출>같은 TV프로
보면 엄청 빡세게
하루종일 시키던데!

강도는
서서히
올릴테니
걱정
마세요.

아니….
더 빡세게
해주든지
더 길게
봐주든지
했으면
좋겠거든요.

TV 프로는
시청자들에게
자극을 줘야 하니까
그렇죠.

안 써먼에 부소건
많이, 오래 한다고
좋은 게 아니에요.

그래도….
솔직히….

이거 하고
한 시간에
몇만 원….

….

부장
PT   운동
계획

치아가
많이
썩으셨네요.

아~

뽑는 데는 1분 걸리고 5만 원입니다.

뭐?!

1분!?

고작 1분밖에 안 걸리는데 5만 원이란 말입니까!?

고작 1분이요?!

그거하고 5만 원을 낼름?!

허허! 참나!

말도 안 돼!

…그럼 1시간 동안 천천히 뽑아 드리죠.

으아아아

네온 치과

후우 후우

본전 의식에 사로잡힌 사람 같으니.

저런 분이 꼭 뷔페 가면 토할 때까지 먹고 소화제를 먹겠지….

쪽집게다.

꾸준히 열심히 하시면 목표까지 가실 수 있으니 너무 걱정마세요.

아예…. 예.

그렇겠죠….

아참.

하지만 ….

업무　　운동　　쉼　　쉼　　운동　　거래처
　　　1시간 30분　　　　　　　　1시간 30분

야심차게 일주일에 8시간 운동하겠다던 부장의 지난 6일간 패턴.

운동　　운동　　운동　　운동　　운동　　쉼

그저 습관처럼 꾸준히 운동한 수지의 지난 6일간 패턴.

스스로 만든 룰인 일주일에 8시간의 압박…!

으으.

화요일에 1시간 반…! 금요일에 1시간 반…!

겨우 3시간밖에 못 채웠어…!

일주일에 8시간 목표를 채우려면 내일 나가서 5시간이나 운동 해야 해…!

그 정도는 해야 살이 빠질 거야!

아무도 부장에게 8시간 운동하라고 강요하지 않았지만, 괴롭다…!

무리한 목표를 지키지 못하자 쓰레기가 된 기분 …!

끄으으 으으.

겨우겨우 3시간을 채우고 집에 돌아온 부장.

끄으으 으으.

네…. 못 오신다고요. 네, 네….

….

끄으으 으으.

야옹

당연히 골병이 났다.

서찬희.

네?

오늘 헬스장 정리 좀 부탁해.

어디 가세요?

회원님 집에.

부장이 내심 안쓰러웠던 네온비 관장.

어어? 여긴 어떻게?

회원 가입서에 적힌 주소대로 찾아왔습니다.

그냥 누워 계세요.

운동 계획을 세우는 건 좋지만 꾸준히 하는 운동과 몰아서 하는 운동은 달라요.

운동을 빠진 날엔 차라리 집에서 가벼운 체조를 하고 넘어가세요.

그게 더 낫습니다.

그렇다. 하루 20분을 운동해도 꾸준히 한다면 몸은 얼마든지 변하는 것을…!

고맙습니다….

그리고 그동안 의심해서 미안합니다 …!

주룩

주룩

이제 정말 시키는 대로 열심히 하겠습니다…!

한 방울씩 꾸준히 떨어지는 물방울은 바위를 뚫지만

똑

똑   똑

가끔씩 한 번 뿌리는 걸로는 변하지 않습니다.

촤

10. 워밍업, 스트레칭, 쿨링다운

추울 때는 몸이 움츠러들고, 뻣뻣한 느낌을 받습니다. 추운 날에는 잠자리에서 일어나기 무척 어렵죠.
이는 단지 잠에서 막 깨서 몽롱하기 때문이 아닙니다. 체온과 신체활동에는 밀접한 관계가 있습니다.
추울 때 몸이 움츠러드는 것과 반대로, 체온이 충분히 올라가면 몸의 움직임이 유연해집니다. 혈관은
확장되어 근육에 더 많은 혈액을 보냅니다. 만약 체온이 충분히 올라가지 않으면 유연함이 떨어지고,
부상 염려가 있습니다. 때문에 본격적인 운동 전에 가벼운 운동으로 미리 체온을 올리는 것이지요.

스트레칭은 건(腱)과 근육을 미리 자극하여 부상을 방지하기 위함입니다. 스트레칭을 꾸준히 하면
유연성이 향상됩니다. 준비 운동이 아니라 체조를 한다는 마음으로 열심히 하면 더 좋고요. 운동을
쉬는 날에도 스트레칭을 해주면 유연성이 좋아집니다. 유연성은 운동에 중요한 요소로, 유연성이
개선되면 부상을 덜 입고, 회복력도 개선됩니다. 요가나 필라테스 같은 운동을 병행해도 좋습니다.

쿨링다운은 워밍업의 반대 개념입니다. 운동을 끝냈으니 뜨거워진 몸을 천천히 식히는 것이죠.
어렵게 생각할 필요 없이 아주 저강도의 운동 - 걷기나 가볍게 뛰기 등 - 을 5분 정도 하면 됩니다.
쿨링다운을 하지 않으면 근육에 쌓인 피로물질이 잘 분해되지 않아 근육통을 유발하고, 급속히 몸이
식어 감기에 걸릴 수 있습니다. 쿨링다운과 더불어 가벼운 체조나 스트레칭을 해줘도 좋습니다.

11. 단백질 보충제는 몸에 해롭나요?

운동을 하며 단백질 보충제를 먹는 사람은 정말 많이 듣는 말입니다. "아이구 이눔자식아,
겨우 키워놨더니 운동한다고 독을 먹어?"라면서 기겁하시는 부모님에 대한 이야기도 들었습니다.
이러한 오해는 전문 운동선수들의 약물 복용 사건이든가, 몇 가지 사실들이 와전된 것입니다.
대표적인 금지 약물은 스테로이드인데, 이것을 사용하면 큰 노력 없이 근육을 성장시킬 수 있습니다.
그러나 전문가의 처방 없이 함부로 사용하면 극심한 부작용을 낳습니다. 애초 근육 성장을 목적으론
국내에선 의사 약물 처방을 받기 어렵습니다. 따라서 이런 약물들은 음성화되고, 더욱 열악한
환경에서 정확한 지식 없이 처방됩니다. 악순환이죠.

단백질 보충제는 이런 금지 약물과는 다릅니다. 단지 단백질을 먹기 좋게 가공한 제품입니다.
이런 제품들의 설명서를 잘 보면, 주성분이 대두 단백질, 혹은 유청 단백질이라고 표시되어 있습니다.
대두 단백질은 콩에서 분리한 단백질, 유청 단백질은 우유에서 분리한 단백질입니다. 스테로이드처럼
직접적인 호르몬 작용을 하는 제품이 아닙니다. 이것이 몸에 해롭다는 말은 비타민제가 몸에
해롭다는 말과 같습니다. 우리 식약처는 호르몬제나 스포츠용 약물 사용에 대해 외국보다 까다로운
기준을 가진다고 합니다. 따라서 정상적인 경로로 유통되는 제품이라면 성분에 대해 걱정할 필요가
없습니다.

매일 요리를 하기 힘들면 단백질 보충제를 이용해도 좋습니다. 그러나 자연식의 영양이 훨씬 더
우월하니, 필요에 따라 잘 선택하시기 바랍니다. 다만 단백질 보충제를 고를 때는 영양 표기를
잘 확인하세요. 탄수화물 비율이 50~70%에 달하는 제품이 있는데, 이것은 '게이너'라는 탄수화물
공급을 우선하는 제품입니다. 운동선수에게 필요한 제품이고 다이어터에게는 불필요하므로 다른
제품을 찾아보세요.

12. 허벅지, 허리, 등이 기본이다!

큰 근육을 먼저 단련해야 하는 이유는 136쪽의 '근육운동은 어떻게 해야 효율적인가요?'
에서 말했습니다. 〈다이어터 라이트 에디션〉 3, 4권에서 소개하는 운동은 스쿼트, 데드리프트,
플랭크입니다. 각각 허벅지, 종아리, 등, 허리를 단련하는 운동입니다.

우선 이 근육들은 사용 빈도가 아주 많은 부위입니다. 지구력이 필요한 몇몇 운동선수를 제외하면,
대다수 종목의 전문 운동선수들은 기본적으로 이 부위를 단련합니다. 가령 권투나 격투기 계열의
운동은 하체와 허리에서 파워를 얻어낸다고 합니다. 또한 이 부위의 단련 정도와 체력은 비례한다는
연구 결과도 있습니다.

스쿼트

스쿼트는 '근력운동의 꽃'이라고 불립니다.
그래서 "닥치고 스쿼트!"라는 말이 있을 정도로 중요한 운동입니다. 이것이 왜 중요할까요?

스쿼트는 대퇴사두근, 즉 허벅지를 중심으로 종아리, 허리, 엉덩이, 복근을 단련합니다. 허벅지는 우리
몸에서 가장 큰 근육입니다. 건강한 사람의 몸무게는 50~90kg 정도의 무게입니다. 허벅지는 서거나
걷고 뛰면서 이 무게를 온전히 버텨냅니다. 그만큼 강력한 힘을 가진 부위입니다. 이렇게 큼지막한
부위를 움직일 때는 많은 열량이 소모됩니다. 본격적인 역도 운동이 아니라면, 단일 운동으로는
스쿼트가 가장 큰 열량을 사용한다고 하네요.

그러나 스쿼트에는 열량 소모와 근성장 이상의 더 큰 효과가 있습니다. 이 거대한 근육을 성장시키기
위해서 두뇌는 바쁘게 움직입니다. 근성장에 필요한 호르몬을 더 분비하고, 더 많은 영양을
요구합니다. 이로 인해 일어나는 변화는 단지 대퇴사두근 성장으로 끝나지 않습니다. 다른 근육의
성장까지 촉진하는 것입니다. 따라서 스쿼트는 단일 운동이 아니라 심폐지구력과 같은 기초 체력
요소와 동일선상에서 봐야 합니다. 만약 이러한 효과를 충분하게 발휘하려면 하루에 우유 500㎖
이상 섭취하는 게 좋다고 합니다.

스쿼트가 무릎에 나쁘다는 오해가 있습니다. 4개월 동안 스쿼트 같은 하체 운동을 했던 무릎 질환
환자들의 통증이 43% 감소했다는 연구 결과도 있습니다. 스쿼트가 무릎에 나쁘다는 속설은 잘못된
자세로 운동하다가 부상당하는 경우가 와전되었다고 봅니다. 물론 자세가 중요한 운동이기 때문에
반드시 세심한 자세 교정이 필요합니다.

플랭크

척추를 똑바로 교정하고, 척추기립근을 단련하는 운동입니다. 튼튼한 허리는 모든 운동에 기본이
됩니다. 그만큼 허리를 사용하지 않는 운동은 없다고 보셔도 됩니다. 허리를 단련하면 자세가
좋아지기 때문에 운동 시 부상 위험이 줄어든다고 합니다. 또한 요통을 예방, 개선하는 데에도 탁월한
효과가 있습니다.

데드리프트

이 운동은 거의 전신을 다 사용하는 운동입니다. 허벅지 속 근육과 엉덩이, 허리, 등 전체를
단련합니다. 정확하게는 척추기립근, 둔근, 햄스트링이 주로 단련되고, 승모근, 광배근, 대퇴사두근,
전완근도 자극이 됩니다. 특히 가장 많이 자극되는 부위가 엉덩이입니다. 엉덩이의 모양을 다듬어
주기 때문에 아름다운 몸매를 만드는 데 필수적인 운동입니다. 여러 근육이 동시에 자극되기 때문에
유연성, 협응력 향상에도 효과가 큽니다. 다만 본문에서도 강조했다시피 이 역시 혼자 익히기 무척
어렵습니다. 트레이너에게 정식으로 자세를 익히도록 합시다.

어? 왜 벤치 프레스가 없나요?

벤치 프레스는 스쿼트, 데드리프트와 함께 3대 운동으로 꼽힐 만큼 중요하게 인식됩니다. 여기서
소개하지 않는 이유는 우선 〈다이어터〉에서 잠깐만 언급된 운동인 면도 큽니다만, 기초에 속하는
하체, 척추, 등의 운동이 먼저라 설정했기 때문입니다. 남녀 모두 모양이 잘 잡힌 가슴 근육은 몸매에
자신감을 줍니다. 그러나 실생활에서 그다지 많이 쓰이지 않는 것도 사실이죠. 따라서 초기에는 다른
운동에 주력하고, 다음 단계에서 추가하는 편이 낫다고 봅니다. 물론 벤치 프레스까지 소화할 체력
여유가 있다면 적절하게 추가하셔도 좋습니다.

근육들이
변했어….

어디, 어디
나도 좀
보게.

으음…

이젠 더 이상
누더기가
아니군.

깔깔깔

ㅋㅋ

옷이 문제가
아닐세.
이 지방아.

덩치가
예전보다 커진 걸
모르겠나?

이제는
근육들을
쉽게
대할 수가
없다구….

과연 대장님에게
이 상황을 뒤집을
회심의 카드가
있을 것인가…?!

바로 그것이
주요 관전
포인트라네.

소포 왔어요!

와~!

찌릉 찌릉

뭘 시킨 거니?

새로 교체하고 더 밝아진 전구.

딸깍

펄쩍

펄쩍

새 운동복과 운동화예요!

아빤 뭐 필요한 거 없으세요?

녀석. 돈이 어디 있어서….

돈은….

찐

집

매일 떨어 지잖아요.

꼬마근육이 운동하니?

네!

탁 탁 탁

이제 수지가 음식을 섭취할 시간이에요!

가지러 가야죠!

쏴아아아

얏호!

돈이다!

Money cliff

정말 제시간에 꼬박꼬박 떨어지는군.

시도 때도 없이 떨어질 때가 좋았는데….

박봉이야.

어이쿠. 죄송합니다.

길 좀 터주세요.

자. 자.

여기가 명당이에요.

어어….

이…. 이 녀석들! 괘씸하다! 근육 주제에…. 돌아가지 못해!

이 녀석 …?!

왜 우리가 가야 하죠?

…그야….

원래 여긴 우리가….

우리만….

이 돈을 지방만 가져가라는 법이 있습니까?!

안 그래요. 여러분?!

맞아!

맞아!

그동안 많이 먹었잖아!!

큭…!

그런 법은 없지만….

와아아아!

돈이다. 돈.

싼아아아

....

정기적으로 불어오는 태풍을 대비해
집을 튼튼히 보수하는 일도
게을리하지 않는 기특한 꼬마근육.

뚝딱 뚝딱
뚝딱 뚝딱

꼬마근육아.
우리 집 전등도
좀 갈아줄래?

네!
맡겨만
주세요!

꼬마근육 님!
바쁜데도 운동을
게을리하지
않으시는군요!

전에 부탁하셨던
조립식 턱걸이
세트와 덤벨
구해왔습니다!

오. 고마워!

빨리 마저 고치고
운동해야지.

부지런해지는
근육들에 비해
자꾸 해이해져
가는 지방들.

....

데굴 데굴

:I

근린 공원

이대로라면 더 이상 지방의 미래 따윈 없어!

근육들에겐 꼼짝도 못하고!

....

지방 놈들 게을러터져 가지고 말이야!

대책을 마련해야 된다고!

정말 지방 꼴이 말이 아니잖아!

뭐…. 아무려면 어때?

뭐라고!

난 이제 다 귀찮다. 왜 지방이니 근육이니 편을 갈라서 싸우는 거지? 어차피 수지나라가 살기 좋아지면 우리도 다 좋아지는 게 아닐까?

난 잘생긴 불포화 지방 님 만나서 결혼하고 싶어.

아웅다웅 하는 것도 이젠 피곤해.

그러고 보니 요즘 피부가 왜 이렇게 푸석푸석하지? 주변에 괜찮은 피부과 없나?

결혼하려면 지금부터 관리 해야지.

크윽…! 이 근성 없는 자식!

그런 썩어빠진 정신을 가지고 있으니까 지방들이 점점 줄어드는 거다!

이러니까 요즘 근육들이 기세가 등등한 거라구!

지방이여. 영원하여라! 에잇!

에잇!

!

전구를 수리하러 옆집으로 가던 꼬마 근육이.

★4권에 계속

Index

*제작에 도움을 주신 엄명섭 트레이너께 감사드립니다

다이어터 라이트 에디션 3

초판 1쇄 2020년 6월 29일

지은이 캐러멜 · 네온비

발행인 이상언
제작총괄 이정아
편집장 손혜린
책임편집 유효주

기획 이용환
표지 디자인 ALL designgroup
본문 디자인 변바희, 김미연, 이지은
마케팅 김주희, 김다은

발행처 중앙일보플러스(주)
주소 (04517) 서울시 중구 통일로 86 바비엥3 4층
등록 2008년 1월 25일 제2014-000178호
판매 1588-0950
제작 (02)6416-3922
홈페이지 jbooks.joins.com
네이버 포스트 post.naver.com/joongangbooks

ⓒ 캐러멜 · 네온비, 2020
ISBN 978-89-278-1127-5 04810
ISBN 978-89-278-1123-7(set)

한 손에 잡히는,

다이어터
L I G H T

궁극의 다이어트 웹툰, <다이어터>가 돌아왔다.

초보 다이어터들을 위한 상식과 재미는 그대로,
더 작고, 가볍게 즐기는 라이트 에디션 전격 출간!

가방에 쏙!

전 6권 | 각 권 8,000원

* 라이트 에디션은 오리지널 에디션의 분권 버전입니다. 라이트 에디션 1, 2권은 오리지널 에디션 1권에 해당합니다.
* 라이트 에디션과 오리지널 에디션의 내용은 거의 동일합니다.

평생 소장하는, 다이어터

2천만 다음 웹툰 독자가 선택한 그 작품!
웹툰의 재미와 감동을 완벽 구현했다.
소장하기 좋은 오리지널 에디션

전 3권 | 각 권 12,000원

중앙books